LE

DOIGT S. A. Steeman

VOLÉ

論創海外ミステリ
Ronso Kaigai MYSTERY
183

盗まれた指

S・A・ステーマン

鳥取絹子 訳

論創社

LE DOIGT VOLÉ

1930

by S.A.Steeman

目次

主要登場人物

エイメ・マレイズ……………ブリュッセル警察の警部
私………………………………著者であるスタニスラス＝アンドレ・ステーマン
レオナール・ヴァドボンクール……X……駅の駅長
アンリ・ド・シャンクレイ……トランブル城の城主
ガブリエル・レイモン…………城主の家政婦
マティアス………………………庭師
クレール…………………………城主の姪で、唯一の血縁者
エルヴィール……………………城主の元妻
ジェローム………………………家政婦の夫
ジャン・アルマンタン…………クレールと恋に落ちる若者
赤狼………………………………密猟人
メルロ……………………………医師
セザール・ブーション…………予審判事
エカシュール夫人………………城で手伝いをする村の女性
ラジュス先生……………………公証人
ウォルテル警部…………………マレイズの部下
ピエール…………………………猟場番人
ポール……………………………マティアスの兄
マシュー夫人……………………駅長をかくまった未亡人
リオネル・メヌリ………………興行主で城主の古い友人

盗まれた指

Ⅰ　マレイズと私

「バカな早とちりはやめてくださいよ」

　マレイズがゆっくりと私に言った。

「あなたはつねに自分の洞察力を私に見せつけようとするが……、しかし、偶然の助けを借りなければ、トランブル城事件はいまもって解決していなかったはずです」

「トランブル城事件とは？　そんな事件のことはいままで聞いたことも、読んだこともありませんが……」

「当然です」とマレイズが答えた。

「古い事件ですからね。私がこの仕事を始めた頃に関わった事件の一つです」

　彼は少し笑って言った。

「ちょっと思い出したのですが、あなたは冒険小説大賞を狙っていましたね……。この話を書いてみたらどうでしょう？」

「さあ、どうですか。もしミステリとして面白ければ……」と私は言った。

　マレイズはパイプにタバコを詰めるのをやめ、頼りがいのありそうな大きな手を私に差し伸べた。

「いや！　それに関しては大丈夫。トランブル城事件は私が担当したなかでもいちばん面白い事件の一つです。まあ、予審のあいだはそこまでとは思わなかったのですが、結末で私の苦労が大いに報われたと言っていいでしょうね……。私の話を聞いてみる気はありますか？」

「もちろんです、書きましょう。それで、万が一、あなたのおかげで大賞がもらえたら……。そりゃもちろん！　マレイズさん、賞金は折半することにしましょう。折半することに」

しかし、マレイズはパイプに火をつけながら首を振り、素っ気なく答えた。

「まあまあ、あなたはいつもそういうことばかり言う……」

II　事件に向かって

十月二日

X……駅の駅長レオナール・ヴァドボンクールにとっては、二十一時三十五分に到着する列車より、普段の布靴から半長靴に履き替えるほうが重要でおおごとだった。実際、三カ月前に新しい職務に就いてから、この列車から降りる旅行者を見たのは一回だけ、しかもひとりだけだった。それをよく覚えているのは、旅行者が駅を間違えて降りてしまい、可哀想に思ったヴァドボンクールが自分の家に泊めてあげたからである……。

けたたましいベルの音が、狭い駅長室に鳴り響いていたにもかかわらず、駅長は読みかけの恐怖小説『爆弾女とその嫁』第四章を終わりまで読み、それから巨体を起こし、信号灯を手にプラットホームへ出ていった。列車は蒸気に包まれて止まっていた。

機関士が機関車から身を乗り出し、ようやくあらわれた駅長に卑猥な冗談を交えて挨拶した。しかし、独身のヴァドボンクールには何の効果もないとわかるや、身振り手振りで、出発合図の笛を待っているだけだと伝えた。

そのとき、ドアの一つが開き、若い女性がプラットホームに降り立った。

駅長はすぐに女性のほうに駆けつけた。

「すみませんがお嬢さん、ここはX……ですが」

若い女性は微笑んで答えた。

「はい、わかっています」

ヴァドボンクールはびっくりし、危うく笛を飲み込むところだったが、しかし、やるべきことはわかっていた。

「あなたは間違っているはずです。X……には誰も下車しません。誰も、決して、この駅では降りません」

彼は食い下がった。

「それは残念ですこと。だって、こんなに親切な駅長さんとお知り合いになる機会を逃すことになりますわ」

彼女はそう言って身をかがめ、横に置いたスーツケースをつかむや、出口に向かってしっかりとした足取りで歩きだした。

《こりゃ狂気の沙汰だ。俺があれだけ言っているのに無視するとは……。とヴァドボンクールは独り言を言った》

彼は仕方なく肩をすくめ、とっさに思いついたメロディーで笛を吹いた。その勢いに、驚いた機関士がまた機関車から身を乗り出したが、そのまま発車していった。

ヴァドボンクールは、閉まったままの改札口の前でじっと待つ女性の元へ駆けつけ、彼女が街灯の白っぽい光に照らされていたのを利用して、頭の先から足の先まで素早く点検した。

それは間違いなく若い女性だった。濃い紫色の毛織物のスーツを着て、小さな帽子を斜めにかぶっている。駅長はさらに細かく、海の色をした目と、くすんだ顔色、スエードの手袋、褐色の革のスーツケースもチェックした。そうして確信したのは、この若い女性はX……に降りたことで、人生最大の間違いをおかした、ということだった。

「すみませんがお嬢さん。私は好奇心から言っているのではありません。ただ、誰か迎えにきているかどうかを知りたいのです……」

彼は言った。

「なぜそういうことを？」

彼女が聞いた。

「だって、もう遅いですよ、お嬢さん。それに、ここから村までは十五分ほど歩かなければなりません……。それで……」

若い女性は改札口から身を乗り出し、駅前の広場を見つめた。

「ご親切にありがとうございます。ご安心ください……。迎えの人がいますから」

彼女は言った。

迎えがいる！《そうなのか！　だったらいいとするか……。しかし、いったい誰が迎えに来るというんだ？　とヴァドボンクールは独り言を言った》

今度は彼が身を乗り出し、そして、謎の説明がついた。

駅の玄関前にみすぼらしい二輪馬車が止まっていた。座席には男がひとり、じっとしている。

駅長は若い女性の切符を取り、改札口を開けて言った。

「どうもすみませんでした。しかし、あそこは何にもないところで……。それに、あなたがトランブル城にいらっしゃるとは、まったく想像もしなかったものですから……」

広場に向かって二、三歩歩いていた若い女性は、立ち止まって振り返った。

「まあ、本当に？　どうしてそんなことを思われたのですか？」

彼女は言った。ヴァドボンクールは駅長帽を持ち上げて、頭を掻いた。

「あ、いえいえ、ただそう思っただけで。なにしろ城は人里から離れていますから……」

「それだけですか？」

「はあ、そうです。それに、ド・シャンクレイ氏はとりわけ《人づきあい》がよろしくなくて、違いますか？　滅多に見かけないと言ってもいいほどですからね。ときどき、遠くの道を散歩しているときぐらいで……」

「でも、ひとりで住んでいるわけではないですよね？」

「ええ、家政婦のレイモン夫人がいます。それと庭師のマティアス。彼はあそこ、二輪馬車にいます」

「あら、そう！」

彼女は言った。その声はいまや、わずかにかすれている。

「ご親切にいろいろと教えていただいて、どうもありがとうございます。城は遠いのですか?」

と彼女。

「やはり三十分はかかりますね、車でも」

そのとき重い足音が響き、「こんばんは」と低い声がした。

「こんばんは、マティアス。あなたのお名前はマティアスでいいんですね」

彼女が答えると、男はそうだとうなずき、身をかがめて褐色の革のスーツケースをつかみ、二輪馬車に向かった。

自然なしぐさで、彼女は手袋をはめた小さな手を差し出した。

「おやすみなさい、駅長さん。いちばん感じのいい駅長さんとして覚えておきますわ。もう一つ、いちばん親切な方としても……。おやすみなさい」

ヴァドボンクールは出された手をおずおずと握り、わけのわからない言葉をつぶやいて、そのまま車が見えなくなるまで改札口にもたれていた。

若い女性はマティアスの横に座った。激しい風が顔に吹きつけ、目に見えない脅威に、目から涙が出た。彼女はコートの衿を立て、スカートを絹の靴下をはいた足のふくらはぎまで下ろした。

「ほい、これ」

突然、マティアスの低い声がして、彼女を見ることなく、一枚の毛布が差し出された。彼女はお礼を言って毛布を受け取り、脚もとを包んだ。

相手に話しかけても無駄だとわかった彼女は、改めて、自分が置かれた不安定な状況について考えた。遠い記憶のなかでぼんやりした伯父の顔を思い出そうと努力し、どんな風に迎えられるのだろうとも考えた。

彼女が伯父の手紙を受け取ったのは、まさに人生の曲がり角、どんな誘いが舞い込んでも天の恵みに思えるときだった。だいぶ前に両親を亡くしたクレールは、生活のために必死で仕事をしなければならなかった。クチュリエのメゾンで働きながら、時間を見つけて速記を勉強し、英語とドイツ語が完ぺきに話せたことから、すぐに貿易会社に職を見つけていた。服は自分で裁断し、遊びらしき遊びはほとんどせず、三部屋のアパートメントを借りることができていた。そこに好きな家具を置き、毎晩、これ以上ない安らぎの場に逃げ込んで、お気に入りの作家の本を読みふけっていた。そんな生活を捨てて未知の運命に導かれてしまったいま、彼女は以前の闘いと自立の生活がそれなりに魅力的だったことを改めて思い知った。親友だったイヴォンヌとブランシュの顔を思い出し、強い後悔の念に駆られた。しかし、その二人に代わってある男の顔があらわれ、その男のせいで会社を首になった場面をまざまざと思い出した。彼女は欲望が我慢できずにイラつく若い男の腕のなかにいた。彼女は嫌悪感を抱いてその男の名前を小声でつぶやいた。彼のせいだった……。彼は父親に告げ口し、こんな秘書を雇っておくのは大きな間違いだと言ったのだ。クレールは、翌日になって、「社長の息子」を袖にするとどんなに代償が高くつくかを知ったのだった。生活が崩壊するのはあっという間だった。伯父の手紙を受け取ったのは、わずかな蓄えも一カ月で底をつき、好きな家具の半分も売り払ったときだった。

クレールは、マティアスからもらった毛布で、冷えた脚のまわりをさらにくるんだ。馬車は順調に走っていた。右にも左にも、草木のない土地が続き、低い茂みは夜の暗闇に姿を変えていた。ぼんやりした月の光のもと、周囲の野原は荒涼として人気がなく、ぞっとするほど寂しい印象を与えていた。家一軒、農家一つなかった。ガタゴトと走る馬車のまわりは、まさに黒いビロードのような闇。遠くにも、近くにも、光一つない……。

最高の決断をしたつもりで、前の日も長い瞑想をして決心を固めていたにもかかわらず、彼女が第一印象から受けたのは、ひと言で言うと《まあなんという！　とんでもないところに来てしまった感じ……》

激しい衝撃で、彼女は隣に突き飛ばされた。マティアスはそんな彼女を無言で、乱暴に押し戻した。《なんて男なの！》とクレールは思い、彼からできるだけ離れて目を閉じた。

突然、車輪の下で砂利のこすれる音がした。かなり急な坂道を登ったと思うと、二輪馬車はヨーロッパヤマナラシの広い並木道に入ったのだった。数分後、馬車は石段の前で止まり、マティアスが地面に飛び降りた。そこでやっとクレールは目を大きく開けた。庭師のマティアスは彼女に手を出したが、彼女はそれを無視して座席から降りた。

錆ついた蝶番がきしむ音がして、彼女は顔をあげた。城の大きな扉が開けられたところで、石段を長方形の光がおおい、女性のシルエットが一つ浮かび上がっていた。

《家政婦さんだわ》とクレールは考えた。

彼女は、マティアスの左手からスーツケースを取り戻し、急いで石段を登った。レイモン夫人に近づいたとき、夫人が唇に指を当てているのに気づいた。

「音を立てないようにしてくださいね、さあ、ようこそ」

と、夫人は耳に心地よい、低い声で言った。

「あなたの伯父さまはベッドでお休みです、ご病気でして……。ところで、楽しい旅でしたか？さあ、私についてきてください」

返事をせずに、クレールは家政婦の後ろにぴったりとついて歩いた。通り過ぎた広い玄関ホールの照明は暗かったが、それでも薄暗がりのなかに豪華な家具が置かれているのがわかった。階段の下に着いたところで、レイモン夫人が振り返って聞いた。

「あなたの下の名前はなんて言うのですか？」

「クレールです」

彼女は努力して答えた。

「あなたをそうお呼びしてよろしいですか？　ええ、よろしいですよね？　私、あなたの伯父さまとはずいぶん長く一緒に暮らしていますから……」

「ええ、はい」

とクレールは言った。

「あのー、伯父の病気ですが、大したことがないといいのですけれど……」

「大した病気ではありません。ただ、ずっと心臓がお弱くて、あなたがいらっしゃるので少し興奮なさったのだと思います」

彼女はさらに声を小さくして言った。

「あなたには、三階にきれいな部屋を用意してあります。あなたの伯父さまと私の部屋は二階です。伯父さまはたぶん寝ていらっしゃいます……。ですから、なるべく音を立てないようにして上ってくださいね」

彼女はクレールの返事を待たずに顔の向きを変え、階段を上りはじめた。

クレールは黙って後をついた。何に対しても敏感なところがあった彼女は、なぜか心が乱されていた。伯父が病気だと知らされたからなのか、それとも、黒ずくめの服を着たこの女性のゆったりしたしぐさが気になって、不安を抱かせられたのだろうか？

二階の踊り場に着いたところで、レイモン夫人はクレールのほうを向き、再び唇に指を当てて、同時にいちばん近くのドアを指差した。

そのとき、このドアの奥で軽い音がし、中から声がかかった。

「ガブリエル！」

「あなたの伯父さまです」

とレイモン夫人は小声で言った。夫人はしばらく動かずにいたあと、口を開いた。

「きっと、私たちの話声が聞こえたんですわ」

それでも、夫人はいっこうに動かなかった。すると、閉まったドアの向こうから、もっと強い声が繰り返して言った。

「ガブリエル！」

クレールは驚いてレイモン夫人を見つめた。夫人は頭を下げていた。この呼びかけに答える決心がつけられないでいるようだった。

ついに、ゆっくりとした足取りで、夫人はド・シャンクレイ氏の部屋のドアに近づき、優しく言った。

「どうなさったのですか、アンリさま。眠っていらっしゃるはずですのに」

するとすぐに、ド・シャンクレイ氏の声の調子が鋭くなった。

「眠れ！　眠れ！　……。私の姪はもう着いたのではないか？」

レイモン夫人はドアを開けて部屋に入り、クレールには彼女が「姪御さんはここにいらっしゃいますが、でも……」と言うのが聞こえたが、ドアはまた閉まってしまった。

クレールは階段の手すりに寄りかかり、ぐったりした様子で帽子を取った。疲れがどっと両肩にたまってきた。機械的に髪を軽く叩き、それからバッグを開けて、口紅をつかんだ。しかし、それは途中で止めた。なぜ、誰のために化粧をするのだろう？　そんなことをしたら伯父に嫌われるに決まっている。

彼女がバッグを再び閉めたとき、ド・シャンクレイ氏の部屋のドアが開いた。

「こちらへ、クレール。伯父さまがあなたに会いたいとおっしゃっています」

レイモン夫人が言った。

部屋の入り口で、クレールは一瞬、立ち止まった。部屋は広くて天井が高く、常夜灯の明かりのみがナイトテーブルを照らし、それが天蓋つきの大きなベッドのシーツの影から浮き上がっていた。真っ白なシーツの上に、黄色みを帯びた、皺だらけの手が二本伸びていた。

その両手が突然、上に持ち上がって開かれ、かすれた震え声が口ごもりながら言った。

「クレール、私の可愛い姪」

引き寄せられるようにベッドに近づいたクレールは、伯父の上に身をかがめ、額を出した。

ド・シャンクレイ氏はその額に不器用に唇を当て、それから彼女の両手を取って自分の両手で包んだ。

「すっかり大きくなって、クレール……。きれいな女性になって……」

クレールはベッドの脚もとにひざまずき、ド・シャンクレイ氏を見つめた。皺だらけの顔は指と同じ色だった。痩せて、苦行僧のようだったが、骨張った顔のなかで、ブルーの目だけが若々しく輝いていた。

長い沈黙があった。クレールにとってこの老人は、優しく迎えてもらったとはいえ、やはり見知らぬ人だった。彼女が伯父に会ったのは数回だけで、それも十歳頃、両親を訪ねてきたときだった。伯父はいつも、背の高いブロンドの妻と一緒だった。彼女のことなら、クレールはもっとよく覚えていたのだが……。

ド・シャンクレイ氏はクレールの手を放して、身を起こした。乾いた咳をして身体を震わせたあと、言葉を探すように、ゆっくりと言った。

「こうして来てくれて、嬉しい、可愛い娘《こ》だ……。すぐに、来てくれたとは……。この大きくて寒い家には、あなたのように若い人がいて欲しい……。私は……」

そこで彼は突然、近くで立ったまま動かずにいるレイモン夫人のほうを向いた。

「私たちだけにしてくれ、ガブリエル」

彼は言った。

そのときクレールは、伯父の声がとげとげしく、毅然としているのに気づいて驚いた。

「そうおっしゃるなら」とレイモン夫人は優しく答え、「でも、アンリさま。お話をなさるとお疲れになって、よくないのではないでしょうか」と言った。

「出て行くんだ」と、ド・シャンクレイ氏は激しい口調で言葉を継ぎ、「私にはほかの誰よりも自分でしていいことと、してはいけないことがわかっている」と言った。

レイモン夫人は何も言い返さず、部屋から出て、音もなくドアを閉めた。

「神のご加護がありますように」と彼は自分自身に語りかけるように言い、「なんと嬉しいことだろう、この娘を私のそばに置けるとは……。クレール、私のことを覚えていますか？」

「ええ」とクレールは言い、「でも、エルヴィール伯母さまのほうをよく覚えています」

シーツの上のド・シャンクレイ氏の手がひきつり、返事をした声は震えていた。

「クレール、あなたは私以外で彼女のことを覚えている唯一の人だ……。ときどきは、あなたに彼女のことを話してもらわなければいけない……」

彼はしばらく物思いにふけった。それから、

「それと、笑わなければいけない、可愛いクレール、たくさん笑うことだ、この家では……。そして音も立てなければいけない、そうじゃないかな、できるだけ……。あなたの年齢では……」

「音を立てていいんですか、伯父さま？　……。お身体によくないと思いますが……」

突然、ド・シャンクレイ氏がクレールの手をつかんだ。

「誰がそんなことを言ったのだ？　……。私は病気ではない。ただ、今日は少し疲れているだけだ……」

そこで彼は話を中断し、ドアのほうに素早く視線を走らせた。

「クレール、ドアを開けて、外を見てもらえないだろうか……外を見て……」

クレールは立ち上がり、言われた通りにした。

「誰もいないか、さあ？　誰もいないか？　……」

「誰もいません」とクレールは言った。

踊り場には誰もいなかった。彼女の革のスーツケースがさっき置いた場所、階段の手すりの近くにあるだけだった。

「だったら、ドアを閉めて、私の話を聞いておくれ……」

クレールが再びド・シャンクレイ氏のベッドの近くにひざまずくと、彼は続けた。

「私は病気などではないことを知っておいて欲しい、クレール……。私の病気は、わかってもらえるだろうか？　生死に関わるようなものではない。それはあの女だ、あの女……」

「誰ですか、伯父さま？」

「ガブリエルだ！　あの女がいつも私は心臓の病気だと言い張っている。しかし、それは嘘だ。本当のことではない……。ところで、私のことを愛してもらえるかな？」

クレールは伯父のやつれた顔と震える手を見つめた。皺だらけの窪みに、あのブルーの目が小さな光のように輝いていた。彼女だけが、この世で、彼の身近にいるかのようだった。

「はい」と、彼女は優しく、しっかりとした口調で答えた。「伯父さま、私は伯父さまを心から愛するつもりです」

ド・シャンクレイ氏は彼女の髪を撫で、その目がさらに輝いた。

「おお、可愛い娘《こ》！　私の可愛い娘！　……」

再び、彼はドアを見つめると、声をぜーぜーさせて言った。

「あの女は、私を嫌っている……。昼も夜も、私を見張っている……。私は信じている……。あの女は、絶対に、私が死ぬことを願っている……」

「まあ」とクレールは言った。「それは間違いだと思います、伯父さま……。あの方は伯父さまに愛情を抱いていらっしゃるように見えますし、お世話もちゃんとなさっていると思います……」

ド・シャンクレイ氏は突然、激しくさえぎって言った。

「お黙り！」と彼は叫んだ。「あなたはわかっていないのだ。あれは……」

そして最後はつぶやくように言った。

「あれは悪魔だ！」

Ⅲ　暗闇に二つの影

《伯父さまは本当のところ、なぜ私を呼んだのかしら？》

クレールは、レイモン夫人の後について自分の部屋に行く階段を上りながら考えた。

そんなことは無駄で、早すぎるとわかっていても、彼女は伯父の性格を分析しようとしていた。衝撃的だったのは、まだ会ったばかりとはいえ、彼には優しさと激しさが混ざり合った印象を抱いたことだった。彼が言ったことは本当なのだろうか？　黒ずくめのこの女性は本当に伯父の死を願っているのだろうか、それとも、あれは病人のうわごとなのだろうか？

家政婦は部屋のドアを開けると、クレールを通すために身体を引いて言った。

「ここがあなたのお部屋です。足りないものがないよう、私がきちんと用意いたしました」

部屋に一歩足を踏み入れたクレールは、びっくりした様子で立ち止まった。

「このお花もあなたですか？」と彼女は聞いた。

このとき初めて、レイモン夫人の薄い唇にかすかな微笑みが浮かんだ。

「あなたがお喜びになると思いまして。今日のあなたのように、知らない家に行ったとき……。明日の朝は何時にお目覚めですか？」

「私はこの家の習慣を乱したくないと思っています」とクレールは言った。「もし家の仕事で私にお手伝いできることがあれば……」

レイモン夫人は頭を振って答えた。

「私で十分です。ここでのあなたのお仕事は、伯父さまの気分を晴らすことだけです」

クレールは好奇心いっぱいに家政婦の美しい顔を見つめた。彼女はすぐにも、ド・シャンクレイ氏の健康のことについて聞き、その場で答えてもらえそうな質問をいくつかしたいと思っていた。そう思って、レイモン夫人のほうに一歩足を進めたとき、夫人が振り向いて言った。

「さあ、それではお休みなさい」

クレールの耳に、夫人の足音が遠ざかり、階段がきしんで、ドアの閉まる音が聞こえた……。そこで彼女はベッドに身を投げ出し、両腕を広げて、大きなため息をついた。

その部屋は魅力的だった。庭園に面して大きな窓が二つあり、花柄の壁紙におおわれた壁は、どんなにかたくなな心をも癒してくれそうだった。

クレールは急に疲れを感じた。それまで変に興奮していたのだった。彼女は立ち上がり、鏡のついた衣装ダンスや化粧台の引き出しを開け、彫られたものを一つずつ点検し、丸いガラスの覆いに入った置き時計の前で立ち止まった。針は十一時十五分を指していた。

《なんて不思議な冒険をしたのかしら！》とクレールは考えた。

昨日はまだ大都会の雑踏のなかにいて、窓から見えたのは車の流れと、光できらめく看板だった。今日は……。

彼女はスーツケースを開けた。出発まぎわに、数枚の下着にはさんで、大事にしている置物を三、四個詰め込んだので、よくわからなくなっていた。光る文字盤の旅行用腕時計をナイトテーブルの上に置き、窓の近くのテーブルの上に旅の必需品と日記を置いた。それから素早く服を脱ぎ、黒と金色のキモノをはおった。それは彼女の顔色にことのほか似合っていた。

《明日になったら、マティアスに言うのを忘れちゃいけないわ。駅に行って、私の大型トランクが着いたかどうか見てもらわなくちゃ……》と彼女は考えた。そのトランクには、ワードローブと、どうしても捨てられない物たちが入っていた。

クレールはテーブルに座って、日記を開き、万年筆のキャップを外して書きはじめた……。この質素なノートには、これまでもたくさんの秘密をしたためてきたが、今夜ほど必要に思われたことはなかった。印象をすぐに書くことで、自分でもっとはっきり整理できると、彼女は期待していた。それを文字にすることで、たぶん、ミステリアスなオーラに包まれたド・シャンクレイ氏とレイモン夫人の本当の顔が見えてくるのではないだろうか？　彼女は、伯父が拳をドアに差し出しながら彼女に言ったことを、順番に思い浮かべた。そのドアが、突然、音もなく開き、家政婦がすっと入ってきたのを思い浮かべた。彼女を部屋に連れていくために来たのだった。

結局のところ、彼女は伯父のことを何も知らなかった。この寒々とした大きな家のなかでは、すべてが未知のことだった。少し前に日記に書きとめた質問が頭によみがえった。ド・シャンクレイ氏はなぜ、突然、彼女の存在を思い出し、なぜ呼びつけたのだろう？　よく知らない姪に愛情を抱くことができると思ったのだろうか？

そしてレイモン夫人は？　クレールには、少し会話をしただけでその人を完全に再現できる素晴らしい能力があった。彼女は、家政婦の端正な卵形の顔を造作なく思い起こした。レイモン夫人の目は褐色で大きく、波打つ髪は首元で大きなシニョンにまとめられ、大きな額が特徴だった。黒い上身頃に装飾品はいっさいなく、たっぷりしたプリーツスカートが奇妙な体形を際立たせていた。彼女は伯父に献身的に尽くしているようだった。本当にそうなのだろうか？　……。

クレールは日記を閉じて、立ち上がった。窓のところに行き、焼けるような額をガラスに押しつけた。考えることに疲れていた。

そのとき、下の階でかすかな物音が聞こえたような気がしたのだが、彼女はほとんど気に留めず、キモノを椅子の背にかけた。

衣装ダンスの鏡を見ると、優雅な彼女の姿が映っていた。クレールは微笑みながら鏡に近づいた。無意識に、右手が左腕の上のほうに行き、まだ残っているワクチンの痕をまさぐっていた……。

もう一度、クレールは窓辺に行ってガラスに額を押しつけ、ため息をついた。二十三歳になったところだった。人生という厳しい学校で幻想はことごとく砕かれたが、しかし自分のなかでは秘かに、命を賭けた恋への希望が根強く残っていた。伝説の悲恋の主人公、トリスタンのような人種はもう消滅してしまったのだろうか？　もし、その子孫のひとりでもこの世のどこかに生存しているとしたら、トランブル城で自分を見つけるために骨を折ってくれるのではないだろうか？　クレールは寂しい気持ちでそう思った。

彼女は思わず飛び上がった。城の前の芝生を何かの影が横切ったように見えたのだ。見間違いではないと自信があった彼女は、光に邪魔されないよう照明のスイッチを消しに行き、すぐに元の窓辺に戻って観察した。

月の光が、人気のない細長い芝生を銀色に照らしていた。風がやみ、あたりはしーんとしているようだった。

クレールの神経はすでに高ぶり、石段の周りを行く男のシルエットがはっきり見えたときは、目がおかしくなったと思ったほどだった。芝生の左に大きな木があり、根元が濃い影になっていた。その影のなかで何かが動き、遠のいた。クレールは驚いて叫び声をあげそうになるのを必死でおさえた……。

大急ぎで、彼女はキモノをつかんではおり、自分の部屋のドアを開けた。トランブル城で何か不思議なことが起きている……、確信は彼女のなかでいまやゆるぎないものになっていた。

手を手すりにかけ、彼女は階段を慎重に降りはじめた。クレールは危険なことと冒険が大好きだった。あの影をもっと近くで見なければならなかった……。すぐ近くで……。

彼女は無事に二階の踊り場に着いた。そのまま降りず、伯父の部屋のドアに行って耳を押しつけた。規則正しい静かな寝息の音に安心した彼女は、急いで玄関ホールに行った。

ドアが半開きになっているのを見ても驚かなかった。なぜなら、木の下から飛び出した二つ目のシルエットはレイモン夫人とわかったからだった。少し前にクレールが聞いて、そのときは気にしなかった音の説明がついた。あれは蝶番がきしまないよう、ドアを一瞬でさっと開けた音に違いなかった。

石段の上に立つと、身体がぶるぶる震えて止まらなかった。夜はぞっとするほど寒かった……。それでも彼女は忍び足で二つの影が一緒になったほうへ進んだ。突然、木の下に二人の影が見えた。レイモン夫人が一瞬離れて、見知らぬ人物にこっちへ来るようにと合図した木だ。

クレールはすぐにその場の状況を利用した。木の後ろの小道に沿って深く生い茂った茂みがあった。細心の注意を払って、彼女はその茂みの影に滑り込み、十分後、二人から数歩のところまで近づいた。

レイモン夫人は彼女に背を向けていた。男については、フェルトのソフト帽と短くした黒い大ヒゲ、白いマフラーと広い肩幅しかわからなかった。彼は低い声で、しかし身振り手振りを交えて話していた。

突然、男が家政婦の腕をつかみ、声はさらにとぎれとぎれになった。クレールはじっと動かずに息を止めると、最後の言葉が耳に入った。

「……あんたを殺すことができる」

彼女は全身で震えたが、しかしそれはもう寒さのせいではなかった。

「それは絶対にありません」とレイモン夫人が言った。

クレールはそれ以上聞けなかった。というのも、家政婦と見知らぬ男が数歩離れ、二人は別れようとしているのがわかったからだ。

クレールが見つかりたくなければ、あるいは外で一夜を過ごしたくなければ、もう部屋へ戻る時間だった。

　彼女は大急ぎで小道の先まで歩き、振り返って二つの影が背を向けているのを確認し、一挙に石段にたどり着いた。半開きのドアに身を滑らせ、十五分後には自分の部屋に戻っていた。

　彼女はすぐに横になり、目を閉じた。恐怖に身がすくみ、なかなか寝つかれない。暗闇のなかで、家具が怪物に見えた。

　ようやく眠れたのは、この言葉を百回も繰り返したあとだった。

「……あんたを殺すことができる」

Ⅳ　キノコ狩り

十月三日

クレールはうつらうつらしていた。ドアがノックされる音を聞いてすぐ、彼女はキモノをまとって立ち上がった。

「どうぞ！」と彼女は叫んだ。

レイモン夫人が部屋に入ってきた。ティーポットと陶器の紅茶カップ、それとトーストを乗せた銀のお盆を持っていた。

「おはようございます、クレール。よくお休みになれましたか」

彼女は言った。

「はい、おかげさまでぐっすり、レイモン夫人。寝るのはかなり遅かったのに……」

クレールは言った。

「よろしかったら、私をガブリエルと呼んでください」

レイモン夫人はお盆に乗っていたティーポットとカップと皿をテーブルの上に置いた。

「あなたとお友だちになりたいですわ……」

昨日の夜、部屋に花があふれているのを見たときに言われたら、クレールは心から感動してこの誘いに答えていただろう。しかし、今朝は目覚めたとたん、家政婦が見知らぬ男と、芝生の木の下で声をひそめて話していた姿を思い出した。それもあって、彼女は少し無理をして答えた。

「私も同じです……レイモン夫……あ、ガブリエル」

同時に彼女は、レイモン夫人の顔に昨夜の出来事の名残がないかを探した。この女性は、ある意味で、死の脅しを受けていた。顔から不安や疲れの痕が当然見て取れるはずだった。

しかし、彼女が再び振り向いたときの顔は、これ以上ないほど落ち着いていた。昨夜と同じ黒い服を着て、ブローチも宝飾もなし、厳格な修道女のようだった。いずれにしろ、クレールにはそれ以上のことがわかるはずもなかった……。

「伯父さまはよく眠れたようですか？」

クレールは聞いた。

「それはもう」と家政婦は答えた。「昼食には起きていらっしゃると思いますよ……。ところでクレール、今朝は私と一緒にキノコ狩りに行ってみませんか？」

「ええ、もちろん」とクレールは言った。「この紅茶を飲んで、トーストを食べ、服を着たらご一緒します……。あ、そうだわ、マティアスに言わなければ……」

「あなたのトランクを取りに行くようにとですか？　それなら下にあります。マティアスは駅から帰ってきたところです。あなたが私のところにいらしたらすぐ、彼は荷物をここに運びますよ」

「あなたはすべて考えていらっしゃる」とクレールは言った。「この大きな家を切り盛りするのにあなたひとりで大丈夫ですか？」

「あら！　あなたが思っていらっしゃるよりやることは少ないのですよ。それに毎朝、村から女性がひとり来て、手伝ってくれるのです。あなたの伯父さまの健康だけが私にはとても心配で、それさえなければ……」

「でも、伯父は病気ではないと言っています」

クレールは言った。

「ほかのこともよくおっしゃいます……」と家政婦は心配そうに答えた。「さあ、では私はこれで。三十分もあれば出かける準備はできますか？」

「もっと早くできますわ」とクレールは請け合った。

彼女は窓の近くのテーブルにつき、美味しそうに食べはじめた。弱い光の太陽が、雲一つない空に輝き、周囲の野原全体を見ることができた。トランブル城は小さな丘の頂に建っていた。こうして彼女は、マティアスと馬車で来るあいだに思ったことが間違いではなく、見渡すかぎり農家も家も一軒もないことを確認した。おそらく、庭師のマティアスが毎朝、二輪馬車で城から村まで買い出しに行っているのだろう。

レイモン夫人にはよく眠れたと言ったが、クレールは嫌な夜を過ごしていた。眠ると悪夢の連続で、大勢の黒い大ヒゲの男や、プリーツが泉のように流れる服を着た陰気な顔の女たちが、顔をしかめて湖の形を作り、そこに向かって醜い小人たちが鎖でつながれた若い娘を押して動かしていた……。

部屋を出る前に、クレールは用心のために日記を化粧台の引き出しに入れ、鍵をかけた。それから、元気いっぱいに階段を駆け足で降りた。

レイモン夫人は玄関ホールで待っていた。両手に籠を一個ずつ持ち、つば広の麦わら帽子をかぶっていたのだが、それは幾度かの夏の太陽ですっかり色あせていた。両つばから出ているブルーのリボンも色が落ち、顎の下で無造作に結ばれていた。

おしゃれ気のかけらもないことに、クレールは考え込んでしまった。前夜はむしろ、とても似合っていた黒いシンプルな服は、人に好かれるのに長けた女性が考えだした装いだと思っていた。役に立ちそうもないつば広の帽子で、この仮説は消えてしまった。

「ショールで身体をくるんだほうがいいですよ。ここの風は油断がなりません」

レイモン夫人が言った。

「まあ！　私はこのマフラーで十分です。これでもスポーツウーマンなんですよ。その籠を一つ、私に……」

クレールは答えて言った。

二人は外へ出た。クレールは通りすがりに、芝生の大きな木にこっそり見をやらずにはいられなかった。そしてこの朝の明るい光のなかで、真夜中近くに見てしまったあのミステリアスな密会が、悪夢の始まりで、夢のなかに出たのではないかと考えた。

「キノコがお好きだと嬉しいです。あなたの伯父さまは大好きで、よく食卓にもお出しするのですよ」

家政婦が言った。

彼女は足早に進み、少しあとを歩くクレールは、レイモン夫人の腰がしなやかに揺れるのを感心して見ずにはいられなかった。この女性の後姿からは素晴らしい意志と順応性、そして力強い印象が発散していた。

レイモン夫人とクレールは大きな通りにさしかかり、それから窪んだ小道に入った。急に赤褐色の枝の林になり、そこには深い沈黙が漂っていた。

小鳥のさえずり一つ、葉っぱのざわめき一つない、不思議で、怖いほどの静けさ……。

クレールは恐るべき案内人、レイモン夫人のあとについていた。夫人はつねに同じ歩幅で、上体と頭を真っすぐにし、振り返ることも、左右を見ることもなく、彼女自身が見えない力に導かれているように前に進んでいた。

いずれにしても、それがクレールの抱いた印象だった。滅多に笑わない薄い唇と、修道女のようにゆっくりとした動作のレイモン夫人に、彼女の心はひどく乱されていた。

レイモン夫人が止まり、籠を苔の上に置いて言った。

「さあ、着きましたよ。クレール、あなたはキノコのことはご存知ですか？」

「さあ、どうでしょう？　キノコ料理ならボルドー風でもなんでも大好きですけれど、いいキノコと悪いキノコを見分けて採ることはできないと思います」

クレールは言った。

「だったら、私のやり方を見ていてください……」

レイモン夫人は身をかがめ、籠にキノコを入れはじめた。

クレールは、夫人のどんな細かな動きもじっと目で追った。そして突然、質問した。

「このきれいな赤いキノコ、採らないのですか？」

「それらは紅テングダケと言って、毒です」

レイモン夫人はキノコを採る手を休めずに答えた。

「ああ！　これには熟練が必要ですね……」

クレールは言った。

「はい、必要です」レイモン夫人は同意した。「間違いをしがちで、それが命取りになることがあります。ここにある、なんでもないキノコを見てください。この二つは双子のように似ていませんか？　ところが、右の黒褐色のイグチダケは食用ですが……、左にある悪魔イグチダケは毒です。あなたの籠を私にくださいませんか？」

《この女性は何歳なのだろう？》とクレールは考えた。《天使なの？　それとも、伯父さまの言うように悪魔？　……》

レイモン夫人は見つけたキノコを採るために、いまは数歩離れたところにいた。クレールは木の幹に背をもたせた。家政婦から目を離すことができなかった。彼女はこのときまた、レイモン夫人の横に、フェルトのソフト帽と白いマフラー、黒い大ヒゲの見知らぬ男を思い浮かべた……。

心は決まっていた。彼女はこの女性が動揺して、傷ついて、ぐらつくのを見たいと思っていた……。

ちょうどそのとき、籠をいっぱいにしたレイモン夫人が彼女のほうに戻ってきた。いましかない。待つ必要なんかないのでは？

「さあ」と家政婦は言った。「終わりましたよ、クレール……。あなたはどうなさいますか？私と一緒に城へ帰りますか、それともひとりで散歩を続けますか？」

「どうしようか迷っています……」とクレールは答えた。「このあたりは安全ですか？」

彼女と家政婦の視線がかちあった。

「どういうことですか？」

レイモン夫人が聞いた。

「いえ、ただ私は、ひとりで散歩して、変な人に遭遇したりしないかを知りたかったのです……」とクレールは言った。「たとえば、昨夜、夜中の十二時少し前に、あなたが芝生の大きな木の下で会ってた人のような……」

「まあ！」

と家政婦は言い、籠を足下に置いた。

「まあ！」と彼女は繰り返し、「あなたはあの場で私を見ていたのですか？」

クレールは子どものように歯をくいしばり、拳を握っていたにもかかわらず、身体はぶるぶる震えていた。この女性は彼女に飛びかかってくるのではないだろうか？……。もし、あの長く鋭い指で彼女のか弱い首を締めつけられたら、クレールはとても抵抗できないだろうと思っていた。彼女は勝負が始まる前から負けていた……。そしてたぶん、この重苦しい静けさ、林をおおう墓場のようなこの静けさは、苦しみもがく悲鳴でさえ破られることはないだろう……。

こうして、家政婦がよろめくのを見たいと思っていたクレールのほうが突然よろめき、レイモン夫人の腕にすがるはめになった。レイモン夫人はびくとも動かず、彼女を押し返しも、助けもしなかった。

「ところで……」と彼女は言った。「あなたは見ただけですか……。会話も聞いたのではないですか?」

クレールは、落ち着きはらったレイモン夫人を見て、必死に自分を取り戻したところだった。彼女の声は少し震えていた。

「私は、あなたがあの男に言った言葉の断片を聞いただけです。男に《……あんたを殺すことができる》と言われて、あなたが《それは絶対にありません》と答えるのを聞きました。それだけですわ」

「まあ!」

レイモン夫人がまた言った。クレールが続けた。

「それが本当なら、このことをすぐにも伯父に知らせるのが私の役目です」

レイモン夫人が答えたのは、地面に置いた籠をおもむろに持ち上げたあとだった。

「あなたのお好きなようにしてください」と彼女は言った。「私は城へ帰って、自分の荷物をまとめます。今夜にも出ていきます」

クレールはあらゆることを予想していたが、こう言われるとは思ってもいなかった。彼女は呆気にとられ、しばらく動けずにいた。それから、悲鳴をあげてレイモン夫人を追いかけ、追いついたところで腕をつかみ、無理やり立ち止まらせた。

「なんて！　なんておっしゃったの？」と彼女は叫んだ。「ガブリエル、ごめんなさい……」

最後の二言は、彼女自身わけがわからず本能的に口から飛び出したものだった。

レイモン夫人は言い放った。

「ごめんなさいとは……、あなたの何を許さなければならないのですか、クレール？　あなたはご自分が見たことを伯父さまに知らせるのが義務だと考えていらっしゃいます。私にはそれを非難することはできません……。ですが私は去らなければなりません」

「なぜだか教えてくださらないのですか？」

「確かにそうですね……。私はあなたの伯父さまに追い出されるのが嫌なのです、ええ、私のせいであなたの伯父さまが気分を害して苦しまれるのが嫌なのです」

「お願いです！」とクレールは叫んだ。「そんな風に話さないでください。私はあなたを傷つけるつもりなどありません。伯父には何も言いません。もし私に説明してくださったら……」

「説明する？　……」

「はい、あの知らない男性のことです」

レイモン夫人は頭を振った。

「悪い印象を持たれたではないですか？　……。私の夫の情報を持ってきてくれたのです」

「え？　……あなたの夫の？」

「はい」と彼女は低い声で言った。「あなたは私が指輪をしていることに気づかれなかったのですね？」

そう言って、彼女はゆっくりと手をあげた。

「あなたの夫のことを！　でも……」とクレールは繰り返した。

「ええ！　でも、しばらく会っていません。刑務所にいますから」

「まあ……、なんという……。私にはわけがわからない……」

クレールは口ごもった。

「簡単にお話ししますわ」

レイモン夫人はさらに声を低めて言った。

「私の夫ジェロームは傷害罪で五年の禁固刑を言い渡されました。ろくでなしなのはわかっております、でも……私は愛しています。あなたの伯父さまは、私に離婚するようおっしゃったことがあって、彼がもうすぐ刑務所から出所するとわかれば、許されないと思います。たぶん、あなたもすでにお気づきかと思いますが、ド・シャンクレイさまは怒りっぽい性格でしょう？　もし出所したばかりの受刑者が、私に夫の情報を知らせるために城へ来たのがわかったら、私を追い出されるでしょう」

クレールは下を向き、考え込んでしまった。いくつもの感情が押し寄せてきたなかで、彼女はいまレイモン夫人に哀れみと、同時に敬愛の交ざった複雑な思いを抱いていた。この女性は突然、自分の素性を明らかにしたのだ。

クレールも男性を愛すると、ガブリエルのように、いつまでも燃え続けるタイプで、まわりで何が起ころうと愛の炎が揺らぐことはなかった。

「でも」と彼女は急に言った。「私には《……あんたを殺すことができる》という言葉の意味がわかりません。それはあなたの夫のことですか?」

「そうです」とレイモン夫人は静かに答えた。「夫です。独房の壁に囲まれていると、妄想がふくらむものです。ジェロームはとくにそう。彼の激しい嫉妬心に私はいつも苦しめられていました。夫はいまのところ、あらゆる罪を私のせいにして、私を責めているのだと思います。でも、そんな脅しに対して私が《それは絶対にありません》と答えたことを思い出してください。そう言いましたのは、私が手を差し出すだけで夫はすべてを忘れ、以前のように夫婦水入らずの生活を取り戻すことができるからです……。それこそまさに、あなたの伯父さまが望んでいらっしゃらないことで……それで……」

「それだったら、ガブリエル、あなたの秘密は誰にも言わないって約束するわ」とクレールは叫んだ。

レイモン夫人は素早くクレールの手をつかんで唇に持っていき、口づけをした。それから、これまた素早く籠をつかむと、林のはずれに向かって走っていった。

クレールは、このときは彼女を止めなかった。急に嬉しくなった彼女は、ふうっと熱い息をついた。そして昨日のレイモン夫人と今日のガブリエルを比べ、友だちをつくったと結論づけた。

ゆっくりとした歩調で樅の小枝を踏みつけながら、今度は彼女が林を抜けだした。家政婦の言ったことを疑うという考えさえ浮かばなかった。彼女は塀の中にいるジェローム・レイモンの顔を想像し、ジェローム・レイモンが妻のことを考えながら、あらゆる罪を彼女にあびせ、その愛のために彼女を殺そうとしているのを想像した。

《なんて素晴らしい話でしょう。とクレールは思った。おとぎ話より素敵だわ。決して笑わないこの女性と、愛に狂った犯罪人と、月明かりの下で脅しの言葉を伝えた極悪人のような使者……。》彼女はいま、なぜガブリエルがいつも黒い服を着ているのかもわかった。

彼女は大きな道に続く小道を下り、突然、身をこわばらせた。一台のスポーツカーが水平線のかなたから走ってきたのだ。

クレールは車の運転を知っていた。その車が来るのを見て、彼女が最初に思ったのは、《なんてバカなの！　きっと事故にあう！》

まさかそれが本当になるとは思ってもいなかった……。その細長いブルーの車は彼女から五十メートルのところで急ハンドルを切り、木にぶつかって溝に転がり落ち、ひっくり返ってしまったのだ。

V　トリスタン？　それとも節操のない若者？

それはクレールが目撃した初めての自動車事故だった。

事故を予想していたにもかかわらず、実際に起きてみると心の準備がまったくできていなかった彼女は、しばらく呆気にとられていた。本能的に、水平線に向かって草一つ生えていない道路から逃走した者がいないかを視線で追い、荒野で何かを訴える農夫の姿を探した。しかし、道路にも荒野にも人影はなく、事故の証人は彼女だけであることをクレールは確信した。

《なんてこと?!》彼女はつぶやいた。

ひとりの命、いえ数人かもしれない？　が彼女の素早い初動にかかっていた、たぶん。彼女は道路まで小道を走りながら下り、五秒後にはひっくり返った車の近くにいた。彼女は溝に身をかがめ、小さな叫び声をあげた……。

溝のなかに、額に大けがをして血を流している若い男性がいた。

《なんてこと?!》クレールはまた言った。

どうしたらいいのだろう？　城に走って助けを求めるべきか？　それとも、ハンカチを濡らすのにわき水を探すべきか？　彼女はそれ以上考えず、第三の選択をした。溝に飛び降り、若者の頭と、それから上体を持ち上げて、なんとかして座らせ、耳を彼の胸に当てた。

最初は、何も聞こえなかった。咄嗟に手を放した彼女は、恐る恐る、目を閉じた運転手の青ざめた顔を見つめた。それから熱に駆られたように、彼の上着とチョッキ、シャツのボタンを外していった……。肌の一部があらわれた、とても白い。

その肌に、クレールはもう一度、息を止めながら耳を当てた。

すると、かすかながらもはっきりと相手の心臓の鼓動が感じられた……。

彼女は不思議な感動とともにその音を聞いていた。その小さな音は、分ごとに、秒ごとに強くなっていき、誕生に立ち会っているように感動的だった。

見知らぬ若者の頭を腕の窪みにあお向けにして、クレールは額に流れる血を優しく拭きはじめた。彼女は若者の美しい顔をじっと見つめていた。そして知らず知らず、彼女の巻き毛と彼の髪が交ざり合い、その陰で彼女の視線が刻一刻と炎のように輝いていった。誰にも助けてもらえず、若者の半開きの唇を冷たい水で湿らせることもできない状況のなか、彼の頭に手を置いたクレールの目は真剣で、彼に命を吹き込み、その動脈に再び血液を送り込みたいと願っているかのようだった。

願いが通じたのだろうか、それともほかの何かのせい？　ほどなく若者の胸がより強く、より規則正しく波打った。そしてクレールが神に祈るために上にあげていた視線を下に下ろしたとき、若者が彼女を見ているのに気づいてびっくりした。

「主よ、あなたさまの御名《みな》がたたえられんことを！」

見知らぬ若者がつぶやいた。

彼の言葉をはっきり聞き取ることこそできなかったが、クレールは二十四時間のうちに二回も、彼女の存在が神を称える行為を引き起こしたことに気づき、驚いてしまった。

「主よ」と若者は繰り返した。「あなたさまの御名がたたえられんことを……。あなたさまが罪を許してくださり、私を天国まで迎えてくださるとは、恐れ多くも思ってもいませんでした」

そう言って彼は、いかにも満ち足りた顔をして再び目を閉じた。

クレールは、けが人が危険な状態だったにもかかわらず、思わず、自分でも想像以上に激しく彼を揺さぶってしまった。

「それは勘違いです!」と彼女は力をこめて言った。「あなたがいるのは天国ではありません。X……の道路で、木の根元で、その木にあなたの車が……」

若者は静かに頭を振った。

「僕がいるのは天国で、あなたは天使です」

クレールがこれはお世辞だと気づくまで、ゆうに五分はかかった。それに気づいたとき、彼女は髪の根元まで赤くなり、腕を引っ込めようとした。

若者はがっかりしたように大きな目を開いた。

「ダメです、ダメ」と彼は言った。「動かないで、お願いです! 僕は苦しんでいるんだ……」

「苦しんでいる、ですって?」とクレールは疑わしそうに答えた。「こう言ってはなんですが、その割にあなたはうめき声をあげていらっしゃいません」

「痛みがあまり大きいと無言になります」と彼は言い返した。

彼はクレールの手を握りしめたのだが、クレールは体調が悪いと言い張るにしてはその手にかなり力がこもっているのを確認した。

「私の話を聞いてください」と彼女は言った。「すぐにも私の手を放してくださらないと。いま、あなたは目を開いて、明らかに体調もよくなっています。私は助けを求めに城へ行きます……」

「僕の車のためですか？」と彼は聞いた。

彼は顔を背けて、うめき声をあげて言った。

「車だったら、その必要はまったくないと思いますよ、それとも僕のため？　……。だったら、あなたがここにいてくれるだけでいい」

彼はクレールの手をさらにぎゅっと締めつけた。

「私、本当に怒りますよ！」とクレールは叫んだ。「あなたは私の厚意につけ込んでいます。私、知らない人とこんなに長く話したことはありません……」

「いいじゃないですか！」と若者は叫んだ。「自己紹介が遅れました……、僕はジャン・アルマンタン。この十本の指でできるのは、ギターをつまびくことと、ハンドルを握ることだけ。そして、あなたはどう思っているかは知りませんが……ジャン・アルマンタンはあなたを愛しています」

「なんていうことを！」とクレールは抗議した。

「あなたを愛している！」とけが人は繰り返した。「いいですか。僕が自分の心を打ち明けるのは、さまざまな奇跡が重なって、気がついたら理想の女性の腕のなかにいたからではありません。動かないで！　動かないでください！　僕が死んでもいいなら別ですが……お願いです、少しのあいだ僕を信じて……そんな簡単に僕の夢を砕かないでください……僕は世界一幸せな男です……もう十年間、愛しい人、僕はあなたを探していた……」

ジャン・アルマンタンの情熱的な声が、優しい音楽のようにクレールの耳に入った。彼が言ったことは関係なかった。この特別で神がかった瞬間、彼女はついに夢が形になったと信じたのだった。トリスタンの子孫が、古典にふさわしく、人気のない荒野の真ん中で、武勇伝のように彼女を発見してくれたのだ。もちろん、彼女の理性は反抗していた。こんな告白をどうして素直に信じられるだろう？　ジャン・アルマンタンがそれをいとも簡単に口にしたことも、クレールのような若い女性には警戒心を抱かせた。

しかし彼女には、若者の燃えるような告白をさえぎる決心も、また、取り返しのつかない言葉を発して、彼を無言のまま溝に放り出す決心もつかなかった。

「僕はあなたを嫌いにならなければいけないのか」と彼は続けた。「あなたは僕にありきたりでつまらないことばかり言っている。僕はこれまで、正当な理由なくハンドル操作を誤ることなどありえないと思ってきたし、人が言う《一目惚れ》にも怒りを覚えてきた。あなたに出会う数分前に、僕は正当な理由なくハンドル操作を誤り……これは運命に感謝するが……そして、数分後、一目惚れしてしまった……。あなたは婚約などしていないですね？」

「いいえ、まだです」とクレールは言った。

「僕のことは嫌いですか?」

「それも、いいえ……。まだです」

「さあ、話してください、いろいろなことを、嫌ですか? 僕はあなたの声が好きだ……あなたの目も、匂いも、服も……あなたを愛している……あなたのすべてを愛している、こんなことは奇跡、初めてだ……。あなたの名前は?」

「クレールです」

「当ててみましょうか……。両親がいない、違いますか?」

「そうです。でも、どうして? ……」

「直感です。もう一つ当てましょう、あなたは気難しい後見人と、蔦のからまった城に住んでいる」

「少し違っていますわ」と彼女は言い返した。「後見人は伯父で、意地悪ではありませんし、城には蔦もからまっていません。あなたが得意気におっしゃったことは、言い当てたことにはなりません。なぜなら、一部の情報は私がさっき与えたものです」

「あなたの好きな花はなんですか?」

「菊ですけれど……なぜそんなことをお聞きになるの?」

「僕は今夜、あなたの部屋を菊でいっぱいにしたいと思っている……。さてと! ……」

クレールが驚いたことに、ジャン・アルマンタンはパッと立ち上がった。

「僕としては、すぐにも、あなたに妻になって欲しいと言いたいところなのですが……」

「それ以上言わないでください」とクレールは言った。「限度を越えています」

「なんのことですか？　礼儀にかなっていない？」

「ええ。非常識で、図々しすぎます。私はあなたの言葉を認めるほど信じやすい人間ではありません……」

「あなたを愛していることを？　あなたが大好きだということを？　認めないというのはそのことですか？　言ってください……。でも、あなたにとっては……」

「違います」とクレールは言った。

「そうだ。ああ！　そうなのだ！　あなたにとっては……」

「細かいことをあれこれ言うのはやめてください、お願いです」

クレールは、彼女自身が驚くほど素っ気なく、つっけんどんに話した。しかしそれは、彼女が事の危険さに気づいたからだった。若者の言葉は彼女の心に真っすぐ届いていた。その言葉に彼女はまだ震えていた。一目見ただけで、彼女に妻になって欲しいと頼んだこの若者は、気が変になったのではないだろうか？　……。彼女はすぐにも逃げるべきだった。

彼女は身を起こし、真っすぐに立って言った。

「ここにこのままいてください」

ジャン・アルマンタンは彼女の前で頭を傾けたまま、じっと動かなかった。

「とにかくあなたは、筋肉の柔らかさと強さを僕に見せてくれた。こんな事故から無傷で脱出できたのは、まさに奇跡に近い。ほかの人を探しに行く必要なんかありません」

クレールは態度を硬化させた。

「城から誰かをよこしましょうか？　……必要ない？　……でしたらこれで、さようなら」

そこで彼女が一歩も進めなかったのは、ジャン・アルマンタンが突然、彼女の足下にひれ伏し、震える手で両膝を抱え込んだからだった。

「ダメだ、ダメ」と彼は叫んだ。「さよならはダメだ！　もしかしてクレール、あなたは僕に誠意がないと疑っているのですか？　……。僕の愛にどんな保証が欲しいのですか？　……。もしあなたがこのまま行ってしまったら、僕は今夜もここにいて、あなたの足跡の上に涙を流しつづける……」

「狂っているわ」とクレールは言った。「放してください！」

「わかった、手を放そう。行きたいなら、行ってください！」

彼女は三歩ほど進んだところで振り返った。

「私がどうしてあなたを信じられますか？　あなたは私のことを何も知らないし、私もあなたのことを何も知らない……」

「あなたは間違っている」とアルマンタンは答えた。「あなたのことは、僕はほとんどすべて知っている、僕のことはあなたの言う通りだが、ただ、知ってみる価値はある……。あなたが僕に愛していると言わせたことでわかるでしょう！　それがそれほど複雑なことですか？　……。僕はあなたを愛している。これ以上どうすればいいんだ？」

その言葉にクレールは、これまで失われたとばかり思っていた秘薬、トリスタンの媚薬を思い浮かべずにはいられなかった。

「ただし」とアルマンタンは言った。「誠実な僕としては、つけ加えなければいけないことがある……。僕は貧乏だ。つまり、一銭もない。唯一の贅沢はこの車だった。だからといって、そのことが僕たちの幸せの障害になるとは思っていない……。あっという間に、この指からお金が湯水のように流れ出る……」

「まあ！」とクレールは驚いて言った。「そのために何をするのですか？」

「方法はあまり問題じゃない。資産家の老女を殺すことだってできる、でしょ？」

「よくわかったわ」とクレールは言い返した。「あなたは節操のない若者です」

「それは認める。気が変なところはある、僕の愛以外はね。まあまあ、落ち着いてください。もしこの考えがあなたのお気に召さないなら、ほかの方法で財産をつくるようにします」

「本当に！」と彼女は言った。

クレールは彼の楽天的な考えにしてやられ、その活力に心をとらえられ、その本気度に魅了されてしまった。もう闘うのはやめにしよう……。

「本当だ」とジャンは言った。「当然、この車はもう何の役にも立たない。でも、来月、マドリッドでレースがある。アメリカの会社が僕に参加するよう言ってきていて、車も貸してもらえることになっている。賞金の大きさを考えたら、大変でもやってみる価値はある。もちろん、今日のことは自慢できないけれど、レースには参加する」

クレールは手を彼にゆだねて言った。

「いいえ、ジャン。レースには参加しないで」

「どうしてダメなの？」

クレールは目を閉じた。膝の力が抜け、耳には鐘の音がガンガン響いていた。彼女は負けてしまったのだ……。

「だって」と彼女は答えた。「心配で死にそうだから」

Ⅵ　敵対関係

十月七日

クレールは、階段を上りつめたところで立ち止まった。

城の玄関ホールは暗がりに沈み、夕暮れの遅い光が外に面したステンドグラスのルビーに当たっているだけだった。

彼女は耳をそばだてた。間違っていなかった。伯父の書斎で人が話していた。

しかも、二人とも同じような強い口調で話していた。ド・シャンクレイ氏の苛ついた声のあと、クレールは、聞き慣れないしゃがれ声がこう言うのを聞いた。

「わしは何回か、鉄砲の先をあいつに向けましたぜ。今度こそ、へん！　引き金を引いてやる！　あんたについても……」

彼女がトランブル城に着いてから、脅し文句を聞いたのはこれで二度目だった。不毛の荒野の荒々しさが、多くの隠れた敵対関係を生みだしているようだった。

クレールはしっかりした足取りで書斎のドアに向かって歩いた。彼女はこの男の顔が見たいと思った。耳障りな声がとぎれとぎれに聞こえたが、意味まではわからなかったのだ。

思いがけず、彼女はその顔を見ることができた。書斎のドアが開き、その枠のなかに太って背の低い男が立っていた。黄色い顔をして髪は真っ黒、上着にラシャの半ズボン、鋲底靴の上にゲートルを巻き、頭にはみすぼらしいフェルト帽をかぶっていた。

影のなかでじっとしているクレールに目をやることなく、彼は書斎のほうに振り向いた。

「そんじゃ、また!」と彼はつっけんどんな調子で言った。「わしはちゃんと予告しやしたからね、ド・シャンクレイさん。あいつにもでっせ……。では、そういうことで!」

荒々しい動作で、後ろのドアをバタンと閉めると、彼は足早にホールを横切り、出ていった。

クレールは間を置かずに伯父の書斎に滑り込んだ。ド・シャンクレイ氏はつづれ織りの大きな肘掛け椅子に座り、デスクに肘をついて、頭を手でおおっていた。背中を丸めた伯父は、疲れ果てているようだった。

彼女は彼のほうに行き、首を抱きかかえた。

「可哀想な伯父さま。あんなふうにたちの悪い男に脅されて……」

ド・シャンクレイ氏はじっと動かず、言葉も発しなかった。

優しく、しかし心を決めて、クレールは彼の皺だらけの手を頭から離した。そして、大粒の涙がその痩せこけた頬をつたっているのに気づいた。

心を打たれた彼女は、慣れたしぐさで老人の膝に身をかがめた。

「さあ、伯父さま」と彼女は頼んだ。「なぜあの男があなたを脅したのか、言ってくださいませんか？　……。あの男はあなたを脅していたのではないですか？」

「そうだ」と、やっとド・シャンクレイ氏は言った。「あいつは、もし私がやつの鉄砲の射程内を通ったら、見逃さないと言った」

彼は物思わしげにつけ加えた。

「そして私は、あの男は本当に、言ったことは必ずやりとげると信じている」

「ということは、伯父さまはあの男にそうされるようなことをしたのですね？」とクレールは聞いた。

ド・シャンクレイ氏は寂しそうに頷いた。

「やつは、私が絶えずそうしていると言っている。たぶん、それは間違っていない……」

「私には信じられません」とクレールは反発した。

「そうなのだよ、そうなのだ」とド・シャンクレイ氏は静かに言った。「私はやつの言いたいことは認める。可哀想な男だ。どうしてもわかってくれないのだよ……」

彼は一瞬、言葉を切り、机の前の壁面をほぼ占領している肖像画の油絵を見上げた。それはブロンドで大柄の若い女性が微笑む肖像画で、指輪をつけた細長い指が羽の扇の上にそっと置かれていた。「あなたの伯母は……」とド・シャンクレイ氏は震える声で言った。「この敷地内で人が狩りをするのにつねに反対だった。もしあなたが言ったように、クレール、彼女のことを覚えているなら、彼女はいつも二頭の兎狩りの猟犬と一緒だったのを思い出すはずだ。エルヴィールは動物が大好きで、それを撃ち殺すなど、彼女に同意を求めようとしても、許さなかった……。それで、私を脅した男は性懲りのない密猟者で、この地方では、なぜかわからないが、《赤狼》と呼ばれている。子どもがたくさんいて、さっきも言ったように、可哀想な男だ。私が、エルヴィールの意志を継いで、この敷地内で罠一個、鉄砲一発も撃たせてはならぬと、猟場番人のピエールに命じたことが我慢ならないのだ……」

「え？　そのせいなのですか？」とクレールは言った。

「そうだ、そのせいだ」とド・シャンクレイ氏は言った。「私がいくらお金や現物を与えても、あの男の怒りをおさめることができないのだ。たぶん、あなたも聞いただろう？　やつは《私を殺す》、猟場番人のピエールも殺すと言った」

「なぜそこまでの危険をおかすのですか、伯父さま？　伯母さまはそんなことお望みにならなかったと思うわ」

「たぶんそうだろう」と老人は同意した。「しかし、私に彼女の何が残っているだろう？　この肖像画と数通の手紙、彼女の香水の残り香がかすかに残るハンカチ、宝石、色あせた花一本、そして彼女が好きだったこととの思い出……。彼女の意志を尊重し、彼女がそばにいたときのように、彼女の望みに従うこともまた、私には、彼女の軽やかな息づかいが近くで少し感じられるような気がするのだ……。私は本当に孤独だった、クレール、あなたが来るまでは……」

クレールは質問を一瞬ためらったが、口から出てしまった。

「ところで伯父さま、これまで再婚を考えたことはなかったのですか？」

ド・シャンクレイ氏は急にびくりとし、彼女を睨むように見つめた。恐ろしいほど顔がゆがみ、唇の端がつり上がっている。彼は何度も《再婚！　……》と口ごもり、そしてついに言った。

「クレール、あなたはこの城の伝説を知らないのだね？」

「どうぞ話してください」と彼女は頼んだ。「私がどんなに伝説が好きか、ご存知なかったのですね……」

「この伝説は……」とド・シャンクレイ氏は重々しい口調で言った。「五回、死をもたらした」

彼は立ち上がり、クレールの手を取って食堂へ連れていった。そこには目の高さに、一家の肖像画がずらりとかけられていた。

老人は肖像画を次々と人差し指で指しながら言った。

「ほら、あれはフランドルとの戦いで、一三〇四年にモン＝ザン＝ピュエルで死んだド・シャンクレイだ。その前年、彼は二度目の婚姻をしていた……。このド・シャンクレイも一三八二年、アルデヴェルデを撃退したルーズベックの戦いで死んだ。彼もまた妻が二人いた……。このシプリアン・ド・シャンクレイは、アルバ公を脅迫したかどで、ラモラール・デグモン伯が断頭されたのと同じ首斬り台で処刑された……最後にこの二人、あなたから見て左のシャルルと、右のピエール、前者は一七八八年から一七九〇年の暴動時に斧で頭を割られ、後者は約一世紀後、見知らぬ者に暗殺されて、捨てられた……。三人とも再婚していたんだよ、クレール……」

クレールは思わず笑ってしまった。

「ただの偶然ですよ、伯父さま」と彼女は叫んだ。「伯父さまも信じていらっしゃらないのでは？　……」

「もちろん、心から信じているわけではない。しかし、信じやすい人が聞いたら、これら異常な死の連続に、偶然ではないものを感じるはずだ」

「ということは、ご先祖のなかで、再婚して、ベッドのなかで虫垂炎などで亡くなった人は誰もいないということですか？」とクレールは聞いた。

「誰もいない」とド・シャンクレイ氏は物思わしげに答えた。「私の父はそれだけが心配で、私の優しい母の代わりになる人を置かなかった」

「ところで」とクレールは言った。「もし伯父さまが、その伝説をあまり信じていらっしゃらないのなら、なぜ再婚なさら……？」

再びド・シャンクレイ氏の顔が恐ろしいほどゆがみ、唇の端がつり上がった。

「なぜなら」と彼は激しさを抑えて答えた。「私にとって妻はこれまでも、これからも世界でひとりしかいない。エルヴィールだ！」

そう言って彼は突然、クレールが城に着いた日のように、頭をさっとドアのほうに向けた。

「あの女がいる！」と彼は小声で言った。「絶対にあの女がいる！」

そして、やはり初めての日の夜のように、クレールは聞いた。

「誰ですか、伯父さま？」

「ガブリエルだ！」

キノコ狩りに行った林のなかで、家政婦からいろいろと告白されたことで、彼女に抱いていた先入観が消えていたクレールは、伯父に言い返した。

「まああ伯父さま、もっと冷静になってください！　なぜ、伯父さまは、レイモン夫人がつねに見張って、ドアで聞き耳を立てていると思いたいのですか？」

ド・シャンクレイ氏はテーブルを握りこぶしで叩きつけた。

「私の言っていることが正しい！」と彼は叫んだ。「誓って言うが、冷静になって欲しいのはあなたのほうだ！　忘れたのですか？　私がいなかったら、あなたはいまお金がなくて困っていたのではないですか？　……」

思いもしない、不当な非難をされたことで、クレールの目に涙があふれ出た。

「伯父さま」と彼女は毅然として言った。「伯父さまを苦しめるような言葉を口にしてしまったとしたら、心からお詫びします。でも私は、伯父さまのお誘いに計算から応えたのではないことを、ご承知おきください。ですから、もしまた私をこのように非難なさるようなら、やはり計算抜きでここを去らせていただきます」

ド・シャンクレイ氏は迷ったような視線を彼女に向けた。

「あなたが正しい、可愛い娘《こ》」と彼は言った。「そうでなくとも、みんないつも私に対して正しかった。私は粗野な振る舞いをしてしまった。ああ、悲しいかな、私はあなたも疑うことがある、ガブリエルやマティアス、誰も彼をも疑うように……。しかし、あなたに感謝しなければいけないのは、この私だ」

「ねえ、伯父さま」とクレールは叫んだ。「伯父さまができなかったことを、私がやってあげますわ。赤狼のところへ行って、きちんと話して納得させ……」

またもや、ド・シャンクレイ氏の口が醜く引きつった。クレールは一瞬、彼がまた怒りを爆発させるのではないかと心配した。しかし、彼はなんとか自制し、荒々しいが、しかし静かな声ではっきり言った。

「絶対に、行ってはならぬ、クレール。この男は野蛮で、私以上に、あなたにできるわけがない……」

彼の口調が優しくなった。

「行かないでくれるね？　私に約束してくれるね？」

クレールは従わざるをえなかった。

「お許しください」と彼女は続けた。「私、夕食のために服を着替えてきます」


書斎のドアを閉めたとたん、彼女は玄関ホールの影のなかに、ぼんやりとした人影を見た。心臓が高鳴り、低い声で彼女は問いかけた。

「そこにいるのは誰ですか？」

「私です」とガブリエルの声が答えた。

家政婦はクレールに近づいてきた。

《やっぱり、と彼女は考えた。伯父さまが正しかった。この女性はドアで聞き耳を立てていた……》彼女は冷淡に聞いた。

「ずっとそこで待ち伏せしていらしたんですか？」

「はい、けっこう長い時間になります」とレイモン夫人は言い返した。「あなたの伯父さまが、あの悪魔のエルヴィールのことをお話になるのを聞いたからです……」

「悪魔とは、いったいどういうことですか？　この女性があなたに何をしたのですか？」

「私には何も。伯父さまにだけです。あなたは何を信じているのですか？　彼女は亡くなったと？　……。違います。この女はある将校と駆け落ちしたのですよ……。あの女に災いあれ！　彼女のせいで、あなたの伯父さまは死なんばかりに……」


その夜、クレールは夕食のあと一時間後には部屋にいた。その夜の夕食はシーンとした雰囲気で、沈み込み、ド・シャンクレイ氏とレイモン夫人は十言も言葉を交わさなかった。

ベッドに横になった彼女は、三日前に思ったように状況は明るくなるどころか、城の住人をめぐる暗闇がますます深くなろうとしていることを認めた。エルヴィール・ド・シャンクレイについて家政婦が暴露したことは、クレールを打ちのめした。もしそうだとしたら、この女性はほかの男と逃げるために夫を捨て、ド・シャンクレイ氏は以前のように彼女を愛しつづけていることになる？　彼女が伯父に抱いた哀れみの情は、彼が亡くなった女性ではなく、まだ生きている女性のために泣いていたことで、さらに深まった。なんと長く、辛い試練だろう……。愛した女性の思い出とともに生きながら、おそらくその瞬間、別の男性が彼女を抱いているとも思うのだ！　そこには確かに狂気に陥らせるものがあり、クレールは、伯父がときどき精神を錯乱させることに、もう驚かなかった。彼女はまた、最初の日の夜に伯父が言ったことも思い出した。《私の病気は、わかってもらえるだろうか？　生死に関わるようなものではない》。そのとき彼女は理解できなかった。いまならわかる。

疲れきっていた彼女は、すぐに重い眠りに入っていった……。

そうしてその夜、彼女は、芝生の大きな木の下での新たな密会を目撃する機会を失った。

Ⅶ　マレイズと私

マレイズは脚を組み、手をポケットに突っ込んで、椅子の背に寄りかかって言った。

「どうも、登場人物の紹介が長くなりすぎたようで、お許しを。しかし、ねえ君、これはそのあとの展開を理解するうえで必要だったんだよ。それに、トランブル城の住人たちの生活を少し生き生きと話すことも必要だった。もし君があとで、これから話す事件の謎を自分で解いてみるつもりならね……。それとは別に、あとは君の判断で、これを短くしても、あるいは省略しても、私はいっこうに構いません……。君にとっては簡単でしょう。私は小説家ではありませんから、判断するのはあなたです。では、震え上がる準備はよろしいかな……。ドラマの山場に入りますよ」

「素晴らしい」と私は言った。「マレイズさん、あなたがここまで話してくれたやり方からみるに、あなたはド・シャンクレイ氏、彼の姪、レイモン夫人と夫、ジャン・アルマンタン、庭師のマティアス、赤狼、猟場番人……の生活を、自分の好きなように配列しているように見えます。このなかの誰を、あなたは死なせるのですか？　そしてどのように？　……」

「ちょっと待った」とマレイズは答えた。「私が自分の好きなように配列しているとは見当違いだ！　私は事件を自由に動かしてなどいない。忠実に語っているだけで、もしよければ、このままの調子で続けよう。ただ、どうも私は自分のことを一人称で話すのは嫌いでね。まず、謙遜からと、それから、場違いなコメントや、部分的な暴露で、事件の展開を見えにくくしないためだ。せっかく検事が私の好きなようにやらせてくれて、その私が一週間足らずで解決した事件ですからね。さっきも言いましたが、偶然が重なったおかげでね……」

Ⅷ　最後の渋面

十月八日

十九……年十月八日の夜、クレールがトランブル城の食堂に入ったときに目にした光景は、恐ろしいものだった……。

しかし、彼女にはすぐ事態が飲み込めたわけではなかった。というのも、最初は何もわからなかったからだ。事実、食堂は全体が闇に包まれ、ただ、庭園に面した半開きの窓から月の光が差し込んでいるだけだった。

城に入ったとたん、クレールはただならぬ沈黙が漂っているのに驚いた。この沈黙ですぐに思い起こしたのは、数日前、家政婦と一緒にキノコ狩りに行ったときの林の静けさだった。《ありえないわ》とクレールは思った。《伯父さまもレイモン夫人ももう寝ているなんて。二人とも、私が帰ってくるのを見届けるまで心配で寝られなかったのに……》。そう思いながら彼女は、城の住人がいつも夕食後の団らんに集まっている食堂に向かい、ドアを開けた……。

クレールにはぼんやりと、ド・シャンクレイ氏が彫刻を施した木の大きな肘掛け椅子に座っているのが見えた。食卓はまだダマス風のテーブルクロスにおおわれたままで、その白さが暗がりのなかで一カ所だけ明るかった。

「ただいま、私です」と彼女は言った。「こんなに遅くなってしまって、ごめんなさい……」

重い沈黙のなかで自分の声が妙に浮いていると思ったクレールは話すのを止め、突然、狂おしいほどの不安に襲われた。彼女は、留守にしているあいだに、ここで、何か恐ろしいことが起きたのをはっきりと感じていた……。

なぜ伯父は一ミリも動かないのだろうか？　彼は少し斜めになっていて、頭を傾け、腕を椅子の肘掛けに置いていた。

「伯父さま」とクレールは呼びかけた。「寝ていらっしゃるのですか？　……」

しかし、言い終えたところで、再び全体が静まりかえり、クレールは心臓の鼓動が激しく乱れ、こめかみがショックでピクピクするのを感じた。

照明のスイッチはドアの右側にあった。明かりをつけるには一歩進むだけでよく、電球の眩しい光が放たれれば、伯父がクレールを待ちながら椅子で眠ってしまい、そのあいだに、レイモン夫人が部屋に下がり、ベッドで寝てしまったことがわかるだろう……。しかし、クレールは事態がそれほど単純ではなく、絶対にほかに何かあると感じていた……。それも恐ろしいことが何か……。

《スイッチを押さなければ……。押さなければ！　……》と彼女は思っていた。

同時に、起こりうるかぎりの恐ろしい事態を想像した。レイモン夫人はいつも、ド・シャンクレイ氏は心臓が悪いと言っていなかっただろうか？　だとしたら、老人は突然、心筋梗塞の発作に襲われて椅子に座ったまま亡くなったことも十分考えられた。クレールは身震いしたが、あと一分、この仮定に向き合おうと努力した。もし万が一、彼女が間違っていたらホッとするだろうし、たぶん、簡単に彼を殺したことで漠然とした良心の呵責を感じるだろう……。しかし、もし正しかったら、ショックはやや和らぐだろう。

スイッチを押しながら、クレールは目を閉じた。たぶん、眩しい光が当たったら、伯父は目を覚まし、いつもの聞き慣れた声で「おかえり」と言ってくれるのではないだろうか？

そのようなことは何一つ起こらなかった。軽くカチッと音がしたあと、再びの沈黙……。

彼女は自分が青ざめるのを感じた。目を開けた彼女の口から、あたりをつんざくような、長く響き渡る悲鳴が出た……。

ド・シャンクレイ氏は確かに椅子に座り、片腕を肘掛けの上に、もう片腕を椅子の背に沿ってぶら下げていた。しかし、頭はただ傾いていたのではなく、一見して、顔が恐ろしい形相をしているのがわかった。引きつってゆがんだ口から歯がむき出しになり、手はテーブルクロスの上でぎゅっと握りしめられ、テーブルクロスの一部が滑って、皿が一枚絨毯の上に落ちていた。

最初の恐怖の瞬間が過ぎると、クレールは伯父のもとに駆け寄った。たぶん、まだ死んでいないのでは？　たぶん、手当をしなければ……？

彼女が伯父のところに行こうとした、そのとき、床に斜めに伸びていた塊にぶつかった。彼女はころばないようテーブルにしがみつき、そして下を見た……。

そのあとのことを、彼女は何度も語ることになるのだが、その場で、なぜ失神しなかったのかわからなかった。たぶん、そのときは確かに《失神しそう》と、彼女は思ったのだろうが、全身の力を振り絞って、それを乗り越えたのではないだろうか？

クレールがぶつかってころびそうになったのは、女性の身体だった。それは胸を下にして伸びていたのだが、誰かと確かめるのに顔を見る必要はなかった……。

それは飾りのない黒い上身頃と、ゆったりしたプリーツスカートをはいていた。

最初に現場を見た者として、クレールの頭のなかにはいくつもの仮説が駆け巡った。しかし彼女は、それらすべてを乱暴なしぐさで振り払った。もし、二人のうちのどちらかでも少しでも息をしていれば、もし、ド・シャンクレイ氏かレイモン夫人がまだ死んでいなければ、一刻も早く助けを呼ばなければならなかった。

ド・シャンクレイ氏はまだ死んでいなかった……。

クレールが伯父の身体の右側、腕を椅子の肘掛けに置いた側に近づいたのは、ある意味で幸運な偶然だった。なぜなら、もし腕をたらした左側に近づいていたら、あとになって、失神しなかったことを自慢する機会はなかっただろう。

つまり、ド・シャンクレイ氏はまだ生きていた。脈が打っていたのだ。ほとんど感知できないほどだったが、脈はあった。

「ああ、神様！」とクレールはつぶやいた。「助けを呼ばなければいけない」

彼女は半開きの窓へ走って、身を外に乗り出し、手でメガホンを作って、力いっぱい叫んだ。

「マティアス！　……マティアス！　……マティアース！」

叫び声のこだまは返ってきたが、庭師に聞こえている様子はまったくなかった。

クレールは窓から頭を引っ込め、目の前に広がる恐ろしい光景に絶対に目が行かないようにして、食堂のドアまで走り、玄関ホールを横切って、石段に出た……。

マティアスは、厩舎の横を改装したむさくるしい小部屋に住んでいた。彼女はそこに向かって走ったが、小部屋は空っぽだった。

「ああ、神様！」と彼女は繰り返した。

状況は絶望的に見えた。彼女はどうすべきなのだろう？　……。伯父のそばにいて、命を救うように努めるべきだろうか？　しかし、クレールにはあの食堂にまた入っていく勇気がなかったうえ、彼女がド・シャンクレイ氏にできる手当ぐらいでは、何の助けにもならないことがわかっていた。それよりは、一刻も早く、医者を探しにいくべきだった。

そのとき、数日前に、村から城へ向かうときに通った道を思い出し、自分の力ではとても無理なことがわかったクレールは泣いてしまった。馬は厩舎にいて、馬車は車庫にあったが、彼女には馬車を出して、馬につなぐ力はなかった。彼女は自分自身でなんとかするしかなかったのだ……。

しかし、村までは車でも三十分はゆうにかかった。ド・シャンクレイ氏は、クレールが道の半分も行かないうちに死んでしまうだろう！

彼女は絶望に両手を握り合わせた。正気を失ったかのように、右へ行っては左へ行き、涙は頬をつたい続けていた。突然、なぜか彼女は庭園の入り口にいて、目の前に村に続く道が月明かりに白く見えた……。彼女は力いっぱい走りだした……。

夜の静けさを乱していたのは、道を走る彼女の足音だけだった、荒野は異常なほど寝静まっていた。クレールの目にある映像があらわれた。ド・シャンクレイ氏が椅子から滑り落ち、家政婦の死体の横で床を転げまわって、自分の胸を指でかきむしっている……。この映像を追い払おうと、彼女はもっと速く走りだした。しかし、だんだんと力がなくなるのを感じ、息が荒くなった。もうすぐ力つきてしまうだろう。

そのとき、道を歩く足音が聞こえた。

クレールは立ち止まり、手を胸に当てて、音のするほうに神経を張りつめた。それから叫び声を出し、この天の助けに向かって再び走りだした。

近づいてくる足音は、しっかりした男性の足音だった。ただ、道の曲がり角が邪魔をして、クレールには誰が来るのかわからなかった。ついに曲がり角にたどり着いた彼女の、目と鼻の先にいたのはマティアスだった。

彼には、彼女が地面に倒れ込まないように手を差し出す時間しかなかった。しかし、クレールが卒倒したのはほんの一瞬だった。

「早く、早く！　マティアス！」と彼女はしどろもどろに言った。「村に行かなくちゃ……助けを求めなくちゃ……医者よ！　……。伯父さまが死にそうなの、レイモン夫人は死んじゃった……」

「なんて？　何て？」と庭師は叫んだ。「あなたは何を言っているんだ？」

「本当のことしか言っていないわ、マティアス、それより、走らなくちゃ……」

しかし、マティアスは首を振った。

「ここからだと、村に行くのに少なくとも四十分はかかる。おまけにメルロ医師の家は、そこからさらに二キロ……。それより俺は城に行って、馬車を馬につなぐ……。ここにいてください……。途中であなたを拾うから……」

返事も聞かずに、庭師はトランブル城に向かって走りだした。

疲れきったクレールは、斜面に座り込み、手で頭を抱え込んだ。彼女が留守にしているあいだ、伯父と家政婦にいったい何が起きたというのだろう？　彼女は自分が留守にしていたことを悔やんだ。ジャン・アルマンタンの執拗な誘いに屈してはいけなかったのだ。たぶん、もし彼女が城にずっといたら、こんな恐ろしいことは起きなかったのではないだろうか？　……。

彼女は、伯父が食卓の前の、彫刻のある木の大きな肘掛け椅子に座っている姿を思い浮かべた。レイモン夫人が絨毯にうつぶせになって伸びているのを思い浮かべた。何があったのだろう？　何があったの？　……。

一時間前の彼女は、本当に幸せだった。こんな幸せはありえないと思っていたほど幸せだった。彼女は耳に心地よいジャンの声を心のなかで聞き、彼が言ってくれた深く、魅力的な言葉を感動をもって思い出した……。なぜ、クレールにとっては夏の一日よりも光り輝き、夢のように過ぎたこの秋の日が、悪夢、それもいちばん恐ろしい悪夢に終わってしまったのだろう？

彼女は突然、身を起こした。馬の蹄と馬車の車輪の音が聞こえてきた。マティアスが来たのだ……。

五分後、馬車はクレールの前で止まった。

「早く乗って！」とマティアスは叫んだ。

彼女が昇降段にのぼる間もなく馬車は出発した。

弓のように前かがみになって、庭師は休みなく鞭を鳴らした。それはまさに疾走で、その間、クレールとマティアスはひと言も言葉を交わさなかった。

ということは、マティアスは食堂に入り、ド・シャンクレイ氏が座っているのと、レイモン夫人が床に伸びているのを見たのだろうか？

それとも、もっと違うものを見て、彼の目はここまで血走り、だから馬をここまで鞭打っているのだろうか？……。

曲がり角でも、彼はほとんど速度を落とさなかった。馬車は矢のように走っていた。クレールは、ガタゴト揺れつづける馬車から振り落とされないよう、両手で座席にしがみついていた。

急に、馬の蹄がきらきら輝きだし、道は石畳になった。村に入ったのだ。

人々がカフェから出て手をあげ、口を大きく開けているのが見えた。しかし、彼らが何を叫んでいたのかは、疾走中の風にはばまれて聞こえなかった。教会の前を通ったとき、クレールは目を上げて鐘楼を見た。夜の十時だった。

それから石畳はまた普通の道になり、間もなく前方に、小さな赤い光が見えた。メルロ医師の家の一階の窓の明かりだった。

医師はそのとき、携帯用ランプの柔らかい光の下で書き物をしていたのだが、けたたましい呼び鈴が二回鳴って、仕事から引き離された。彼は椅子を引き、面倒そうに部屋履きを見つめてつぶやいた。「やれやれ、こんな時間にいったい何だ?」

しかし、髪を振り乱し、青ざめて辛そうなクレールとマティアスの顔を見、二人がとぎれとぎれに二言三言言ったのを聞いただけで書斎に走り、診察用の鞄をつかみ、彼らの申し出を手でさえぎって説得した。

「自動車で行こう」

彼はハンドルを握り、クレールを横に座らせて、クラッチを入れ……マティアスはステップに飛び乗った。

道はいま来た方向を逆にたどった。クレールは呆然としていた。横を見る余裕はなく、目は前方に釘付けだった。遠くに見えた木々がすぐに近づき、一瞬で巨大な影になり、それから暗闇にぱくりと食われていった。荒野が右、左で波のようにうねり、動かない波が休みなしに続いた。間に合うのだろうか?　クレールはそのことばかり考えていた。

車は城に着いた……。クレールが暗い玄関ホールの椅子に倒れ込んでいるあいだ、メルロ医師とマティアスは食堂に行き、明かりをつけた。

「おー!　おー!」と医師は言った。

「恐ろしいことじゃないですか、先生?」とマティアスがつぶやいた。

ド・シャンクレイ氏はもう食卓の前の椅子には座っておらず、床に転がって身をよじっていた。まさにクレールが道を走りながら想像していたのと同じように、ひきつった手でシャツを破き、胸の皮膚をえぐっていた……。

それに加えて、絨毯の上には広範囲に血痕が残っていた。

ド・シャンクレイ氏の横にひざまずいていたメルロ医師は、起き上がって言った。

「生きている……。さあ、二人で彼を部屋まで運ぼう……」

「え？　……。まだ息があるのですか？」

医師と庭師が、二人でド・シャンクレイ氏の肩と脚を抱えて玄関ホールにあらわれたとき、クレールが叫んだ。

「そうです」とメルロ医師は言った。「彼を上の部屋まで運びます」

「ああ！　……」とクレールは言った。

肘掛けに腕を置いて身を起こしていた彼女は、また倒れ込んだ。恐れていた事態は遠ざかったように見えた。彼女は、食堂に入ったときの自分、マティアスを呼びながら、両手を握り合わせて石段の前にいて、それから全力で道を走ったのを思い浮かべた……。自分を咎めることは何もしていなかった。彼女は、伯父を助けるために人としてできることはすべてした、と言えるだろう。

彼女は目を閉じた。言いようのない疲れで身体が縛られているようだった。頭が斜めになって肩にかかり、彼女はそのまま眠ってしまった……。

クレールは眠い目をこすった。玄関ホールは明かるくなっており、メルロ医師が彼女の前に立っていた。

「すみませんが、お嬢さん」と医師は言った。「またあなたを使い立てするのはためらわれたのですが、私は病人から一時も目を離せないものですから……。それであなたにお願いしたいのです。このことをできるだけ早く、警察に知らせるよう手はずをしていただけないでしょうか」

「け……警察ですか?」とクレールは口ごもった。

「そうです、お嬢さん。私には、あなたの伯父上の病状の原因が自然なものだとはとても思えません。そして、家政婦の死因も絶対そうです。そちらは残念ながら、まだ私の思うように検査はできておりませんが。いずれにしろ、すぐに検察当局に知らせなければいけません」

クレールは手を合わせた。医師の言葉の一部の意味がよくわからなかった。

「意味を知りたいのですが」と彼女はやっと言った。「これは……犯罪ということですか?」

しかし医師のほうはやきもきしていた。

「それはわかりません」と彼は話を乱暴にさえぎった。「私の時間は貴重なのです、お嬢さん。ド・シャンクレイ氏のところに戻らないといけない……」

「もうひと言!」とクレールは頼み込んだ。「伯父は……助かると思われますか?」

「まあ、希望はつねにありますが……」と、医師は曖昧に答えながら、階段を上っていった。

ド・シャンクレイ氏は明け方、意識を取り戻すことなく亡くなった。

Ⅸ　毒キノコのタマゴテングダケ

十月九日

「ご安心ください」と下級審査の主席検事は小声で言った。「あなたは彼に全面的に頼って大丈夫です。もちろん、彼はまだ若い。しかし、実績はあげています……」

「ああ、確かに、私もそう思っている」と予審判事はやや高慢に言い返した。「つまり、私も彼もX……に泊まっているから、私は事件を容易に指揮でき、必要と判断したときに介入すればいいというわけですね」

「もちろんです、もちろん！」と検事は声を高めて言った。「あなたはやりやすいはずです……」

検事が口にしなかったのは、彼は判事のセザール・ブーション氏より、警部エイメ・マレイズの才能のほうを大いに買っていたことだった。判事は紆余曲折を経てこのポストに着任したばかりで、断定的な口調とそれにぴったりの見かけは、どうしようもなくまがい物の宝石か贋金を思わせた。

石段の上で、検事と書記に囲まれて立っていたブーション判事は、メルロ医師とマレイズ警部のほうに振り向いた。

「そういうわけで、警部」と彼は強い口調で言った。「検事と私はあなたを頼りにしますからね。私はそれがいちばんいいやり方だと思うが、どうかね？　あなたは提出された要望書通りここに泊まり、都合のいいことに、メルロ医師が車をあなたの自由に使っていいと言ってくださっている。あなたが発見したことで、証拠の望みありと思われるものは、常時、私に知らせてくれるかな……」

マレイズは身をかがめた。

「それでは失礼します、さようならドクター……。それではな、警部」と判事はマレイズに話しかけ、「あなたの熱心さと犠牲的精神を頼りにしますよ。おっと、なんであれ興味深いものを見つけたら、私に知らせることを忘れないように！」と言った。

「では、さようなら、マレイズくん」と、今度は検事が言った。「成功を祈るよ。せめて君がマルフェ事件を解決したときと同等の成果をね」

「ありがとうございます、検事」とマレイズは答えた。

検事と判事、そして書記は、石段の前に止まっていたリムジンに乗り込み、五分後には城をあとにしていた。

《やれやれ！　とマレイズは思った。やっと行ってくれた。ついに仕事に取りかかれるぞ》

ウェストを絞ったオーバーコートのポケットから色物のハンカチが顔を出し、縞模様のズボンに明るい色のゲートルを巻いたブーション氏に、彼は普通ではない軽蔑を抱いていた。

警部は医師のほうに振り向いた。

「先生、あなたの車を自由に使っていいというお申し出をお受けして、今後、先生の足を奪うことにはならないでしょうか?」

「まったく心配しなくていい」と医師は言った。「マティアスと馬車が、私に車と同じか、まあ近いことをしてくれますし、いまのところ私の患者はそれほど多くありません……」

「それは大変助かります」と警部が続けた。「死体の解剖は明日にならないとできないそうですから、もしよろしければ私と少しおしゃべりでも?」

「喜んで」と医師は同意した。「あなたはブーション氏をどうお考えかな?」

マレイズは首を振った。

「上司について意見を述べるのは、私には筋違いというもので……」と彼は言った。「それより、法医学者であるあなたが言明されたことに賛成です。思うに、我われは二重の毒殺事件に立ち会っているわけですね?」

「そういうことです」と医師は答えた。「そして、解剖でこの確認以外の事実がわかるかどうかは疑わしい。さっきも判事と検事に言ったように、レイモン夫人の死因は、このような即死はですね、毒物でもシアン化合物のような劇薬の吸引によるもので、ド・シャンクレイ氏の死因は、毒キノコの摂取によるものです」

「私が聞いた話によると」とマレイズは考えながら言った。「キノコの毒では二十四時間経過する前に亡くなることはないということですが」

「理論的には、あなたの言う通りですが」とメルロ医師は言い返した。「しかし、合併症を引き起こすこともある。ド・シャンクレイ氏の失血が、少なからず、死を早めたとも言えます」

メルロ氏は巻きタバコを巻き、小さい声でぶつぶつ言った。それが彼の習慣だった。

「当然ですが、警部」と彼は言った。「あなたも含めてほとんどの人にとって、キノコはキノコです。ここで私が言いたいのは、あなた方はいいキノコと悪いキノコの区別がつけにくいということです。とくに料理されて、美味しそうなソースで出されるとね……。私は、ある意味キノコの研究を専門にしておりまして、昼食の残り物を調べた結果、ド・シャンクレイ氏に出されたキノコは、私のようにキノコに詳しい人物か、または、生まれて初めてキノコを採った人物によって選ばれたものです」

「なるほど！」とマレイズは言った。「しかし、どうしてそういうことが言えるのですか？」

「ド・シャンクレイ氏の皿の中には」とメルロ氏が答えた。「食用のキノコは一本もありませんでした。みんないちばん危険なものばかりで、毒の強いタマゴテングダケの類いでした」

「なるほど！」と警部は繰り返した。

「さきほども言いましたが」とメルロ氏が続けた。「私の結論はこうです。これらのキノコを採取した人物は、ド・シャンクレイ氏の毒殺だけを念頭に、細心の注意を払って選んだか、あるいは、まったくの無知から、タマゴテングダケとタマゴダケを採り間違えたか……。これが間違えやすい、それは確かですが、これだけ間違いが繰り返されるのは、私には驚きです」

「貴重なご説明をありがとうございます」とマレイズは言った。

そして、考えながらつけ加えた。

「家政婦の皿にはキノコはなかった……」

マレイズは咳払いをしてから言った。

「ところで先生、この切られた指のことはどうお考えですか？」

メルロ氏はいぶかしげな様子をした。

「これが不思議でならない、そう思いませんか？　医学的な視点では、今日の午後に私が言ったことを繰り返すしかありません。どう考えても事故ではない。あなたも私と同じように気づかれたと思いますが、テーブルの端に鋭い切り込みがあり、テーブルクロスも切れていました。ド・シャンクレイ氏の左手の小指は、斧の一撃で切り落とされたに違いありません。それが、さっきお話ししたように、大量の失血を引き起こした……。警察の視点からは、あらゆる仮説が可能ではないでしょうか」

「ええ、ええ」とマレイズはつぶやいた。「ところで、ド・シャンクレイ氏の指が切断されたのは、まだ意識があったときなのか、あるいは、キノコの毒を盛られたあとなのか、わかりますか？」

「その問題について断言するのは、私には不可能です。しかし、身体の位置と、失血がそのあとだったということから、推測はできますね」

「私も同じ意見でした」とマレイズは言った。「犯人は、城主の意識が朦朧としているときにおぞましい大罪をおかした。しかし、なぜでしょう？」

「そう、なぜなのか？」と医師は繰り返した。「ここが警部、あなたの腕の見せどころですな。さてと、もしよろしければ、ここでマティアスを呼んで、家まで送ってもらおうかと……」

医師が帰ったところで、マレイズ警部はタバコに火をつけ、玄関ホールの肘掛け椅子に身を投げ出した。彼には、その日の午後に得た情報を熟考し、とくにこれからすべきことと、自分の考えを整理することが必要だった。

《さてと、こういう状況で……と彼は考えた。二つの犯罪が起きてしまった……。二つの毒殺……。ほぼ同じ時間帯に、ド・シャンクレイ氏は毒キノコを食べ、家政婦は劇薬、おそらくシアン化カリウム、いわゆる青酸カリウムを吸い込んだ……。なぜ二つの犯罪が？　これらは復讐からなのか、それとも利害関係からなのか？　……》

ド・シャンクレイ氏の遺書は、翌日、X……の公証人ラジュス氏の事務所で読み上げられることになっていた。そのとき、事件の新たな一面が明らかになるのは間違いなかった。

マレイズ警部は、ド・シャンクレイ氏とレイモン夫人が昼食の食卓についているのを想像した。

《毒殺に使われた方法は、と彼は独り言を言った。レイモン夫人の場合は過激だったが、しかし、ド・シャンクレイ氏を消すために使われた方法に関しては同じでは。キノコに詳しい犯人は、犠牲者が二十四時間前には死なないこともわかっていたはずで、そのあいだに解毒剤が投与されれば救い出されるというリスクをおかしたことになる。ということは、犯人は城で起きていることに完全に精通し、老人の姪が夕刻前には帰らないことを知っていたはずだ。加えて、庭師のマティアスが日中はX……の兄のところに行って、城にはいなかったことも知っていた……》

マレイズはタバコを捨て、立ち上がって、玄関ホールを大股に歩きだした。

《男か、あるいは女か、ド・シャンクレイ氏の小指を切り落とした者が犯人なのだろうか？　あの老人が、午後の一時頃に毒を盛られた最初の兆候を感じ、そのまま手当も受けず、家政婦の死体の近くに夕方までいた……と考えるだけで恐ろしいことだ。その間、城に侵入できた者もいたはずだ。とくに半開きになった食堂の窓からだ……》

警部は食堂に行った。そして出てきたとき、彼の唇にはうっすらと笑いが浮かんでいた。

クレールとマティアスは長時間、判事に尋問されていた。しかしマレイズはこの尋問に満足していなかった。ブーション氏のやり方には方針がなく、マレイズは何度も、もっと重要な質問をしたい衝動に駆られていた。しかしそこでは何もせず、彼らが帰ってから一点、一点聞き直そうと、質問を取っておいたのだ。

警部はド・シャンクレイ氏の書斎に入り、明かりをつけた。暖炉の上の金色の木の額のなかで、大柄でブロンドのエルヴィール・ド・シャンクレイが微笑んでいた……。

「こんばんは、警部さん……。何か必要なものはありませんか？」

瞑想にふけっていた彼は、後ろから突然、声をかけられて飛び上がった。

書斎のドアにクレールが立っていた。その顔は青ざめ、やつれていた。午後の時間をかけて行われた尋問でさぞやしごかれたのだろう。厳しい言葉と、男たちの視線が彼女に向けられていたのだ……。

「警部さん、私に要求されていることには大変な努力が必要です」と彼女は言った。「この城に無理やり居続けるなんて……。本当に必要なのですか？　X……の宿屋に泊まりに行ってはダメなのでしょうか……？」

マレイズは父親のように彼女の手を取った。

「お嬢さん」と彼は言った。「私は何も要求しませんよ。あなたは自由にX……に泊まりに行っていいんです、もしそれがよければ。しかし、私があなたにお願いしたことは、厳粛な理由で命令されたことなのです……。思うに、あなたの伯父上とレイモン夫人の殺人犯を逮捕したい私たちから見たら、あなたはいちばんの当事者ではないでしょうか？」

「確かにそうだわ！」とクレールは熱く叫んだ。「でも、この家は広くて、寒くて、お墓のように静かで、私の血まで凍ってしまうのです。夜、ひとりでは眠れない感じです。だから、どうしても……」

「しかし、どうして眠れないのですか？」とマレイズが聞いた。

「だって、怖くて死にそうなのです……」とクレールが小さい声で打ち明けた。「いろいろな映像が、顔をしかめた伯父や、切られた……指、床に横たわるレイモン夫人の姿が私につきまとって、追いかけてくるのです……。どこに行っても……」

「さあ、さあ」と警部は言った。「あなたはこれまで勇敢な女性であることを見せてくれましたね。これからも、ちょっとやそっとでは《たじろがない》のではないですか？　いいですか、そんな心配は無用です。城には今夜はたくさん人がいます……明日も、そのあとも。まずエカシュール夫人がいるでしょう、レイモン夫人を助けてこの城を切り盛りしていた女性です。彼女はここに数日間残ることに同意して、私たちに美味しい食事を作ってくれ、あなたの隣りの部屋で寝ることになっています。それに、私の友人のウォルテル警部と、私もいる……。私たちは今夜は一睡もしないつもりです。おっと、猟場番人のピエールもいる……ピエールと鉄砲……。これだけいれば、あなたはしっかり守られている……」

クレールはかすかに微笑んだ。その日の午後に起きたことは嫌だったが、クレールは逆にマレイズ警部には信頼感を抱いていた。彼の声は荒っぽいけれども心がこもり、彼女を安心させた。彼女は彼を真っすぐで正しいと感じていた。

マレイズはそんな彼女の考えを見抜いたのだろうか？　彼はいつものように突然、彼女に言った。

「ところでお嬢さん、あなたが判事に話さなかったことはたくさんあるんじゃないですか？」

クレールは手をぎゅっと握りしめた。

「何をおっしゃりたいのですか？」と彼女は言った。

「いえ、ただ」と警部は答えた。「あなたがどう答えるか興味のある質問がたくさんあるのですが……誰もあなたに聞かなかった」

クレールは彼にきっとした視線を向けた。

「そうでしたか！　どうぞ聞いてください」と彼女は言った。

マレイズは首を振った。

「いや、それはあとに取っておきましょう！」と彼は叫んだ。「いまは一刻も早く休むことです。

いま聞いてもうまくいかないでしょうし、私はそれを避けたい。今夜だと、あなたは疲れているので記憶が抜けてしまうかもしれない……。明日、陽のあるうちにすれば、もっとうまくいくでしょう」

警部は頭を掻きながら言った。

「一つだけ……、一つのことだけ……この場であなたに聞きたいのですが……。もちろん、あなたが伯父上と一緒に住んだことがないのは知っていますが、しかし、それでもたぶん、あなたなら答えられるでしょう……それはキノコのことです」

「わかりました」とクレールは答えた。「あなたがお知りになりたいのは、キノコをよく食べたかということと、誰が採取したかということですね？　いいですわ！　キノコは週に二、三回食卓に出て、そして……そして、キノコを採取していたのはレイモン夫人でした……」

マレイズはにこりとした。

「ありがとうございます」と彼は言った。「しかし、私が聞きたかったのはそういうことではなく……私はただ、レイモン夫人はキノコ料理を、伯父上と同じくらい好きだったかということです」

「いいえ」とクレールは言った。「彼女は一度も手をつけたことがありません」

夜の十一時。トランブル城はすっかり寝静まっているようだった。

しかし外見は当てにならない……。玄関ホールの肘掛け椅子は、田園に面した窓の近くに引っぱられ、そこにひとりの男が座って、目を大きく開けていた。食堂からは深い呼吸の音がして、そこにも誰かいるのがわかった。庭園に面して半開きのままになっている窓の前に、ウォルテル警部が円筒形のクッションに陣取っていた。

夜を徹しての警戒を望んだのはエイメ・マレイズだった。彼はイライラして、不安を感じていた。この事件は彼を苛立たせていた。《何一つ見えやしない！》と彼は低い声でつぶやいた。一瞬でも、玄関ホールの暗闇のなか、ド・シャンクレイ氏とレイモン夫人の死をめぐるミステリをほのめかすものがあるのではないか、と思ったのだったが。

つまるところ、手がかりは何一つなかった。誰が殺したのだろうか？　なぜなのか？　この二つの疑問が警部にしつこくつきまとっていた。

城では盗まれたものは何もなかったように見えた。だとしたらなんなのだ？　これは復讐なのか？　それとも、遺言を読めば二人の犠牲者の死に関心を示す人物が明らかになるのだろうか？《一からすべてやらなきゃならん！》とマレイズはまた考えた。《すべて！》

突然、彼は息をひそめた。何か音が……。

警部は椅子のなかで小さく身を縮めた。彼は間違っていなかった……。また、階段のきしむ音が聞こえたところだった。

《誰だろう？》と彼は思った、喜びがこみ上げてきた。待ち構えていた狩人の前に、突然、獲物があらわれたのだ。マレイズ警部には、この夜、上の階に寝ているのは二人、ド・シャンクレイ氏の姪と、エカシュール夫人だけだとわかっていた。

眠りこけた城の静けさを破らないように、これほど注意を払っているのは、この二人のうち誰なのだろう？　彼女はなぜ部屋を出てきたのだろう？　何をしに一階へ来るのだろう？

一歩、一歩、こっそりと、こっそりと、階段を下りる音が続いていた。そして突然、暗闇に白い形が浮かんだ……。

クレールだった。

彼女はまわりを見渡した。しかし、もちろん、椅子の背に隠れた警部の姿は見えなかった。この時間、彼は休んでいて当然だと考えることはできただろう。

マレイズはクレールの動きを目でもらさず追っていた。彼女は一時間前、疲れてへとへとだと言っていたのに、眠らずに城のなかを歩いている。彼女はまた、今夜は怖くて死にそうだと言っていたのに、見たところ何の不安もなく、暗闇のなかを移動している……。

そしていまは、玄関ドアの掛け金に手を置いていた。警部は鎖が動く音を耳にした。《どうか、ウォルテルが動かないように！》と彼は思った。

ドアがついに開き、クレールは石段の上に行った。

ジャン・アルマンタンが、芝生の大きな木の下で彼女を待っていた。彼女は、腕を伸ばして彼のほうに走った。二人は長いあいだ抱き合っていた。ジャンの唇が、彼女の髪から額へ、喉へとさまよっていた。《ああ、僕の可哀想な愛しい人！》と彼は心のなかで言った。

警部マレイズとウォルテルは、城の窓に顔を押しつけて、このシーンを余すところなく見ていた。

「さてさて！」とウォルテルは小声で言った。「あなたはあの女の子のことをどう思いますか？……」

しかし、マレイズは答えなかった。彼は幻滅を感じていた。マレイズ警部は寂しく思っていた。彼には《この女の子》は、本当に真っすぐで、純粋に見えていたのだ！　ところがいまは……。

「さあ、私たちも寝るとしよう」と彼は突然言った。ウォルテルは聞き間違えたのではないかと思った。

「寝るですって？　……」

彼は唾を飲み込んだ。

「しかし……しかし、面白くなるのはこれからではないですか！　……」

全身が全霊で反抗しているのだが、しかしマレイズは無視した。彼はウォルテルの腕をつかみ、階段のほうへ連れていきながら、頑固に繰り返した。

「さあ、我われは寝よう！　……」

その間、クレールは芝生の大きな木の下でジャンに言っていた。

「こんなに辛いことはないけれど、でも、私たちはもうこんなふうには会えないわ、ジャン。城にこれだけ警察がいたら、危険が大きすぎる」

「可哀想なクレール！」とジャンは繰り返した。「きみはもう彼らに言ったの？　……」

「そんな！　いいえ！」と彼女は答えた。「言っていないわ！」

X　マレイズ警部の推測

十月十日

翌朝の八時、エカシュール夫人がマレイズ警部に朝食を持っていくと、彼はすでに服を着てヒゲも剃り、部屋の中央に立っていた。彼はどこか心配そうに見え、人のよさそうな女性の挨拶にも簡単に答えただけだった。彼女が部屋を出ると、彼はテーブルにつき、朝食を大急ぎで食べた。食べ終わると、大きなため息をつき、空になったカップを押しのけてから、目の前のパン屑を大きな手の甲で払った。

そのあと、上着のポケットからモールスキンのカバーをかけた小さな手帳を取り出した。この手帳は警部の人生でこれ以上ない大役を果たしていた。それは彼の打ち明け話の相手であり、同時に、助言者でもあった。マレイズはそこに自分の印象や、疑惑を書きとめ、そして今回のトランブル城事件のように不可解な事件に携わったときは、一頁を使って疑わしい人物について書いていた。

前日の尋問のさい、警部は食堂のいちばん暗そうな隅に目立たないように座り、彼にとって重要と思われた質問と答えをメモしていた。そうして手帳の一カ所にマティアスの尋問、クレールの尋問というタイトルが書かれていた。
マレイズは手帳のマティアスの尋問を開き、読んだ。
質問「殺人のあった日、あなたが城にいなかったのはどういうわけですか？」
答え「ド・シャンクレイ氏が、俺が昼間X……の兄貴のところに行くのを許してくれたんで……」
質問「となると、城には昨日、ド・シャンクレイ氏とレイモン夫人以外はいなかったということですね？」
答え「いないはずです。いたとしてもメードのエカシュール夫人ですが、彼女はいつもお昼少し前には村に帰っていたはずなので」
質問「それで、あなた自身は何時に城を出たのですか？」
答え「俺はいつもの朝のように、村まで買い物に行って、それから城に帰り、十時頃に出かけました」
マレイズは頁をめくった。そこにはクレールの尋問をメモしていた。しかし、そのときは読みたくなかった。ただ、次の二行が注意を引きつけた。

質問「あなたが城を出たのは何時ですか？」
答え「午前十一時に出かけ、夜の八時頃に帰りました」

「これはお見事！」とマレイズはつぶやいた。「お見事だ」

事件当日は、ある力、ある不思議な力が働いて、ド・シャンクレイ氏にタマゴテングダケの毒が確実に効くよう、城の住人全員を遠ざけていたようだった。

《正午》とマレイズは考えた。《八時……。用意周到にされていたおかげで、ド・シャンクレイ氏は広い家のなかで、助けを求める手だてもなく、八時間も隔離されていたことになる！》

警部は首を振った。この事件は、まさに性格のはっきりした二重殺人だった。殺人犯は故意に大罪を犯していた。動機はまだ読めないが、しかしこれは故意だった……。そして、犯人は犠牲者のまわりにいることも確実だった。

しかし、新たな疑問がマレイズの頭に浮かんだ。

《なぜド・シャンクレイ氏は家政婦と同じ方法で毒殺されなかったのだろう？》

キノコでの毒殺は、外部から運よく助けがくるなど、危険をおかす可能性はつねにあった。もし老人の姪が、たとえば二、三時間早く城に戻っていたら……。

そしてさらに、指が切り落とされていた……。しかもその指は盗まれていた！……。

そこがこの奇妙な事件のいちばん奇妙な点だった。山のような疑問が警部に湧いてきた。まず、どうしてこの指は見つからないのだろう？……。マレイズは食堂の絨毯をあらゆる角度から入念に調べ、石段も、庭園も、城の前を通る道も調べた。

指が見つからないままだとしたら、ありえないことだとしても、犯人が持っていったと考えざるをえなかった。

なぜ持っていったのか？　それ以前に、なぜ切り落としたのか？　マレイズは、ド・シャンクレイ氏の小指を切断する動機だけは想像できず、完全にお手上げ状態だった。

それにしても誰が、犯罪史のなかでも特異な指の盗難などをしたのだろうか？　……。

それは殺人犯か？　それとも別人で、たとえば午後、何かの用で急に城にあらわれ、そこで死んだ家政婦と、息たえだえのド・シャンクレイ氏を見つけた者か？

《まあ様子を見よう》とマレイズは思った。《この指がどこにあるかがわかったら、解決に向けて大きな一歩を踏み出せるだろう……》

このとき彼は、実際、そうとは知らずに的を射たことを言っていた……。

彼はさらに手帳の頁をめくった。そこには四文字しか書かれていなかった。マレイズが、前日、食堂を出ながら書きなぐった四文字だった。

泥の足跡

これはかなり特徴的だった。事件当日、雨が降っていたのは午後の二時間ほどだけだった。

マレイズは手で頭をかかえた。二つの名前が彼の目の前で踊っていた。クレール……、マティアス……、マティアス……、クレール……。二人のうち彼なのか、彼女なのか？　どうもがいても、警部の考えは必ず犠牲者の姪と庭師に戻った。城主の近親者はこの二人に限られているように思われた。ところでマレイズは、さっきも言ったように、犯人はド・シャンクレイ氏と直接関わりのある近親者のなかにいると、完全に確信していた。

実際、普通の犯人が二重殺人を犯すのに、このような方法を取るとは考えられなかった。犯人は、犠牲者の習慣と場所を完全に知っていることが推測された。たぶん、城主と家政婦のまわりに誰もいないようにしたのも犯人なのではないだろうか？

クレール……、マティアス……。この二つの名前が、マレイズの頭のなかで格闘を始めた。マレイズは深みにはまりそうになっているのを感じていた。それだから、前日の夜、彼はウォルテルを引っぱって寝てしまったのだ、それだから、クレールの尋問を読み直すのを避けたのだ。というのもマレイズは、同僚や輝かしい前任者たちとは違い、ある種の好感と嫌悪感を抱く自分がいるのを認めていたからだった。それは警部としては一つのハンディキャップで、彼も自分で繰り返し自分を咎めていたのだが、しかし、どうすればいいというのか？

彼はあの四文字を読み直した。泥の足跡、そして額を叩き、椅子をひっくり返して立ち上がった。

どうしてもっと早く気づかなかったのだろう？　しかし、これは一目瞭然ではないか……。そのときになって、彼は自分のうかつさを悔やんだ。マティアスが城を出て、村に泊まるというのを絶対に許可してはいけなかったのだ。間違いなく、いま現在、彼は兄と会って、何か言っているはずだ……。

マレイズは大急ぎで帽子とオーバーコートをつかみ、部屋を飛び出して、階段を駆け下りた。玄関ホールで、彼は目に止まったエカシュール夫人に言った。

「急いでクレールさんに言ってください、私が石段の前で待っていると、車でね……」

クレールが外にあらわれたとき、警部はすでにハンドルを握っていた。

「私の予定では、警部さん」と彼女は言った。「伯父の遺言が読み上げられるのは、十一時のはずではなかったでしょうか？」

「そうですよ」とマレイズは答えた。「あなたの言う通りです。しかし、私はその前に村でやらなければいけないことがあって、あなたを迎えに来る時間がない。なのでもしよかったら、いま私が村に行くついでに、ラジュス先生のところであなたを下ろします。そこでそれほど待たなくていいでしょう……」

道中は二人とも無言だった。警部は自分の考えに浸りきっていたように見え、いっぽうのクレールは彼をそのままにしておいた。彼女は彼女でジャンと、ド・シャンクレイ氏、レイモン夫人、自分がたどった不思議な運命を考えていた。

クレールがラジュス先生のところに入っていくと、マレイズは全速力でメルロ医師の住まいに向かった。しかし、そこまで行くことはなかった。突然、うつむき加減に歩道を歩くメルロ医師が、彼のほうに来るのが見えたのだ。

「へーい！」と警部は車をピタッと止めて叫んだ。「こんにちは、先生。すみません、ちょっと急いでいるもんで……。マティアスは先生のところにいますか？」

「いや、いないが」とメルロ氏は答えた。「私は今朝は彼に用がなかった。彼は兄のところにいると思いますよ……」

マレイズは舌打ちをした。村に着くのが遅すぎた。彼は一瞬、これからどうすべきかを考え、そして言った。

「急いでいます、先生……。マティアスの兄はどこに住んでいるのですか？」

「四番目の道を右に曲がって」とメルロ氏は答えた。「その通りの十四番地です」

「ありがとうございます」と警部はクラッチを入れながら叫んだ。

彼は道の角に車を止めた。悔しくて怒りがおさまらなかった。マティアスには今朝、兄に事のいきさつを伝え、おそらくアリバイをでっちあげる時間は十分にあった。

警部はすぐに十四番地に着いた。呼び鈴を押す前に、まだ少しためらっていた……。

マティアスが、事件当日、兄のところに行ったのは疑えない事実として、しかし、日中に別れたのではないだろうか？　それこそが知りたいことだった。

ドアを開けたのはマティアス自身だった。

「おはようございます」と警部は言った。「少し話がしたいのだが、兄上のいるところで」

「お安い御用で」とマティアスは同意した。

彼は警部を兄ポールのいる台所に案内し、紹介した。

それがすむと、彼はすぐに言った。

「何を知りたいのですか、警部さん？」

「じつはちょっとしたことで」とマレイズは答え、ポールのほうに振り向いて言った。「何時に……弟さんはここへ来ましたか？」

男は首を掻いた。

「えーと、ちょっと待ってください……」と彼は言った。「十一時頃か、その少しあとか、もし俺が間違っていなければ」

城から村までは、歩いて一時間はかかると計算しなければならなかった。ポールの答えは、マティアスの供述を裏づけていた。逆だったら、むしろ驚きだった。しかし、そんなことで事件の大勢は変わらなかった。なぜなら犯人は、料理に毒を盛ったら、あとは城にいてはいけないと用心していたからだ。確認しなければいけなかったのは、マティアスと兄が午後に何をしていたか？ だった。

マレイズがそれを聞くと、二人は躊躇なく答えた。ポールと弟の庭師は駅前のカフェ・ド・ラ・ガールでゲームのジャケ（西洋双六の一種）をしていた。

「何時から何時までですか？」と警部は聞いた。

「午後の二時から六時まで」とマティアスが答えた。

「当然、そのカフェにはほかにも客がいて、あなたたちに会っていますね？ その人たちは、必要とあれば、あなたたちのために証言してくれますか？」

庭師は警部に疑い深い目を向けた。

「もちろん」と彼は答えた。「ということは？　……しかし警部、まだ質問は終わっていませんよ」

「それで十分」とマレイズは言った。「やあ友よ、これ以上はあなたたちを引き止めない。クソっ、もう十一時十五分だ！　ラジュス先生のところに遅れてしまう」

マレイズは大急ぎで公証人のもとに駆けつけたのだが、彼が事務所に滑り込んだとき、ラジュス先生はド・シャンクレイ氏の遺言をすでによく響く声で読みはじめていた。

困ったマレイズは、ドアの近くに大人しく座り、出席者をぐるりと一瞥した。ド・シャンクレイ氏の姪と、判事のセザール・ブーション氏、青白い顔の若い男と、やけに上品な夫人がひとりいた。若者は故人の甥の孫息子だと言い張り、ご夫人は、さんざん苦労しながらも故人と結びつく血縁関係を明確にできなかった。

「その結果として……」

ラジュス先生の声が一段と響きわたった。

「……私は全財産を、私の家政婦であるレイモン夫人に遺贈する」

ラジュス先生は続きを読み上げる前に鼻メガネを拭いた。

「うち二万フランを、私の庭師マティアス・カントラスに、長年の忠実な奉公に対する報いとして分け与える。またほかに……」

続きの詳細は、警部には何の興味もなかった。遺言の読み上げで頭に入れておくべきことは、いまのところ二つだけ。レイモン夫人が亡くなったことと、クレール・ド・シャンクレイが故人の直近の血縁者として、二百万という莫大なお金を相続したことだった。

マレイズは、小さな叫び声をあげたクレールをわざと無視し、目立たないように立ち上がって、入ったときに半開きにしたままだった事務所のドアから出て、控えの間に滑り込んだ。控えの間から、彼は玄関に行き、玄関から道に出た。

ラジュス先生が《私は全財産を……に遺贈する》と読み上げたとき、判事のブーション氏が椅子に座ったまま軽く振り向き、部下の警部エイメ・マレイズに目配せをした。しかしマレイズは、この目配せはこのような時と状況では場違いだと思った。その目配せは、判事ブーション氏がラジュス先生の事務所を出てから、この遺言がド・シャンクレイ氏の姪にどんなに有利なものだったかを、マレイズと話したくてたまらないという意思表示だったから、なおさらだった……。

マレイズはその日、判事ブーション氏と話すことだけは、絶対に避けたかった。

彼は両手を後ろで組み、下を向いて歩道を歩きだした。クレール……、マティアス……。前者に対する疑惑はますます深まっていた……。クレールこそ、実際、マティアスとともに、伯父の死のいちばんの関係者ではなかっただろうか？　もちろん、後者に遺贈された金額は、前者が相続した莫大な額に比べればわずかだった。しかしマティアスにとっては、このわずかな金額でも大金のはずだった。いっぽう彼は、城主が遺言に彼の名前を記載していたことを知らなかった可能性が大きかった。彼がラジュス先生の事務所にいなかったことが、それを裏づけていた……。そして、いずれにしろ彼は、レイモン夫人の死には何の利害もなかった。

それに比べてクレールは……。

下を向いて歩いていた警部は、大声で議論しているあるグループに行き当たった。

「これはこれは、マレイズさん！」と聞いたことのある声がした。「ちょうどいいところに……」

メルロ医師だった。

「おや！」と警部は言った。「何かあったのですか？」

「笑うに笑えない事件が」と医師は答えた。「駅長がいなくなったんです！」

「はてさて、どういうことですか？」

「いま言った通りです。駅長が消えてしまったんです。ああ！　これは行方不明というものです！」

「それで、いつからですか？」

マレイズはこの返事を聞かなかったことで、大きな間違いをおかした。聞いていれば、たぶん、捜査の足しになっただろう……。

しかし彼はそのとき、クレールが目に入ったところだった。願ってもないことに、判事のブーション氏は一緒ではなかった。警部としてはこの機会を逃すわけにいかなかった……。

彼はクレールめがけて走り、腕をつかんで、メルロ医師の車のほうに連れていった。

「早く乗ってください」と彼は叫んだ。「城へ帰りましょう……」

車が五分ほど走ったところで、彼女は自分の驚きを口にした。

「言わせて下さい、警部さん」と彼女は言った。「私にはそうとしか思えません……。これは、これは誘拐と言えませんか？」

「まあ、そうでしょうねえ」とマレイズは答えた。

しかし、彼は何もつけ加えなかった。

つけ加えるとしたら、実際、彼がこういう行動に出たのはクレールのためを思って、と言う以外になかった。彼女を尋問するとしたら、ブーション氏よりは、彼のほうが絶対によかった。彼から見ると判事は、確実な手がかりをつかんだと思ったら、容赦なく問いつめる男だった。

クレールと警部が城に着いたとき、メードのエカシュール夫人が彼らに向かってすっ飛んできた。

《やれやれ！》とマレイズは思った。《また何か事件か！》

しかし、そのときは彼が間違っていた……。エカシュール夫人は二人の帰りを本当に心から喜んで、ただ《お食事の用意ができていますよ》と伝えにきただけだった。

《申し分なし！》と警部は思った。《そのほうがいい。食事をしてからのほうが、尋問も楽だろう。おまけに私は警部らしくないとくる……。二人で差し向かいだ、可愛いクレールさんと！》

XI　猫とネズミ

食事の始まりは静かだった。マレイズは本番にそなえてずる賢く爪をといでいた。いっぽうクレールは、心ここにあらずといった感じで物思いにふけっていた……。

伯父から二百万を越える大金を相続することがわかった瞬間――それをブーション氏はわざわざ彼女に皮肉を込めて強調したのだが――、彼女が最初に考えたのはこうだった。《なんて幸せなの！　これでジャンは来月、マドリッドで走らずにすむわ》。それから、これまでの素晴らしい冒険、信じられない悲劇が目の前にあらわれた……。

トランブル城で過ごす暗い日々、喜びのない明日を心配していた彼女は結局、大金と愛を探しにやって来たことになる。

それもなんという大金と、なんという愛！　忘れっぽい彼女は、一瞬、伯父と家政婦の恐ろしい最期を忘れ、歌って、踊りだしたい衝動を感じていた。こうして、生きるための途方もない闘い、必死に仕事をする時間、この不安、突然の悲しみ、癒しようのない失望の日々は終わったのだ。

彼女はついに普通の若い女性になって、なんの遠慮もなく笑えるのだ。心からの、ちゃんと理由があり、終わるとは思えない、幸せな笑い。彼女は——ああ！　なんて素晴らしい——ジャンと一緒に青春を味わえるのだ。彼女は、このいい知らせを彼に伝えたときの喜びに輝く顔を想像した。なんと莫大な持参金になることか！　二人で無数の夢を手に入れることができるのだ。彼女はすでに二人で買うであろう別荘や、数日前にX……の道で木にぶつかって大破したブルーの車に代わる車を想像していた。トランブル城に来る前に、仕方なく家具倉庫に入れた家具も取り戻せる。ずっと憧れていたローズウッドの書き物机と、オリエント風の絨毯も。寝室はブルーにして、背の低い大きなベッドと、刺繍をした枕とシーツも買える。ジャンにはあれを買ってあげよう……。いいえ、これを全部とは凄すぎた。現実としてはあり得なかった。彼女は、つねに不運につきまとわれていた……。けれども！　今度は、今度は本当だった。奇跡が起きたのだ！《ジャン、私のジャン》と彼女は心のなかで思った。《すべてはあなたのおかげ……。あなたの微笑みが、私にこの素晴らしいチャンスをもたらしてくれた……》

改めて彼女は、二人の愛の巣を想像した。なんて幸せになれるのだろう！　この愛の巣で、二人の愛、このかけがえのない絶対的な愛は、世にも珍しい花のように開花するのだ……。すべてがあまりに思いがけず、あまりに素晴らしいことだったので、また、クレールは疑った。激しい不安が彼女に忍び込んだ。すべてが夢のようだった——確かに、夢でしか見られないことだったのではないだろうか？　あまりのことに、彼女は死んでしまいそうだった……。嘘ではなく、死ぬほどの何かが感じられた……。

これは夢でも、妄想でもないことをどうしても確かめたくなった彼女は、目を上げて警部マレイズを見た。

すぐに、漠然とした恐れが本当だったことがわかった……というのも、警部は彼女を厳しい目で、じっと見つめていたからだった。

「いまやお嬢さん、あなたは大金持ちですね」と、マレイズは言葉では説明できない口調で言った。「大したお金持ちです！」

クレールは、悪いことをしていないのに叱られた少女のように、《それは私が悪いのでしょうか？》と、答えたくてたまらなかった。

しかし、彼女は何も言わず、食卓の料理に目をやった。

「あなたは、こんなことになるとはまったく予想もしていなかったのではないですか？」と警部が聞いた。

「ええ、まったく……まったくです」とクレールは口ごもって言った。

警部はグラスを空けた。

「当然のことですが」と彼は続けた。「もし、レイモン夫人があなたの伯父上と同時に死んでいなかったら、事はまったく違ったでしょう……。あなたはこの点を考えたことがありますか？」

「でも……私、わかりません」

《さあ》とマレイズは自分を鼓舞した。《感傷癖はダメだよ、おい！　天使のような微笑みと、海のように深い目なら、これまでに熟知しているだろ？　だまされるな。断固たる態度でいくんだ！》

「あなたはまだ覚えていますか?」と彼は聞いた。「昨日、昨夜ですが、私たちが話し合ったことを?」

「もちろんです」とクレールは答えた。「私の記憶違いでなければ、判事は聞かなければいけないことを私に聞かなかったと、あなたはおっしゃいました」

「……それで、そのときが来たら、私自身からあなたに質問させてもらうと、そういうことでしたね?」

マレイズはゆっくりとタバコに火をつけてから言った。

「さてと! そのときが来たと思います」

「お伺いします」とクレールは言った。

「では最初に……」と始めたマレイズの声は、父親のように優しかった。「私が知りたいのは、あなたが伯父上から、この城へ来て一緒に住もう……という申し出を受けられたときの——これはごく最近のはずですね?——、あなたの正確な状況です。具体的に言うと、いいですか、金銭的な状況です……」

「ええ」とクレールは言った。「お話ししますわ! 警部さん、そのときの状況は……不安定でした」

「非常に不安定だったのか、それとも? ……」

「とても不安定でした」

マレイズは椅子の上で身をそらした。

「あなたは伯父上に対して……すごく愛情を抱いていましたか?」

「すごく、ですか? いいえ。私は伯父のことはあまりよく知りませんでした。でも、ほんとうに、そのときは……心から好きになり始めていました」

「好きになり始めていた、本当にですか? ……。そしていまは、当然大好きになっている?」

「なぜ……いまはですか?」

「そうじゃないですか? 二百万……」

クレールは耳の付け根まで赤くなった。

「まあ!」と彼女は叫んだ。「そんな、本当に、警部さん……、愛情はお金で買うものではありません」

《うまいものだ!》とマレイズは考えた。《では、別のやり方でいくとしよう……》

「では次に、ド・シャンクレイ氏と家政婦がどんな間柄だったか、言ってください」

またもや警部の失礼な質問に頭が混乱した彼女は、すぐには答えられなかった。

「伯父は変わった人でした」と、ついに彼女は小声で言った。「矛盾したことをよく言って、翌日になって意見を変えることもありました……。とても優しくて、とてもいい人でしたが、急に怒りだすこともよくあって……。レイモン夫人も、それなりに不思議な人でした……。そんな状態ですから、私にはよくわかりません……」

「そんな状態だからこそ」と警部は強調した。「あなたが目撃したすべての場面を……、詳細に私に話す必要があるのです」

クレールは、今度は素直に、彼女が城に着いて初めてド・シャンクレイ氏と面会したときのことを話しだした。突然、彼女の顔が青ざめた。林へキノコ狩りに行ったときの場面が、記憶の底から浮かび上がったのだ。彼女がレイモン夫人に芝生の大きな木の下での密談の現場を見たと言ったとき、夫人が告白したことを警部に打ち明けるべきなのだろうか？　このときのクレールの役割は、彼女にとっては嫌なものだった。気を回しすぎる彼女は、自分が密告者のようだと思ったのだ。トランブル城の住民に関わることで言えることはすべて、彼女には密告のように思えた。レイモン夫人の秘密は彼女の問題ではなかった。彼女は黙っていることにした。

「最後に」と警部は叫んだ。「あなたの伯父上と家政婦は、理解し合って、愛し合っていたのですか？　……それとも、憎み合っていたのですか？」

「私には答えられません」とクレールは言った。「それは自分でもよく考えたことなのですが、でも、あの二人のそばで過ごした時間があまりにも少ないので、意見を述べることができないのです」

「まあいいでしょう」とマレイズは認めた。「あなたを信じたいと思います……。これまでのところは、まあ、あなたはまだ嘘をついていないと確信しています」

今度ばかりはクレールも反抗した。

「警部」と彼女は叫んだ。「なんて失礼なことを……」

しかし、彼は彼女にそのまま言わせなかった。

「そんな熱演をしても無駄です」とマレイズは辛辣に言った。「私は自分で確信していないことはひと言も言いません。いいですか、お嬢さん、私があなたにこんなことを言うのは残念ですが、あなたは昨日、判事の質問に真実を曲げて答えましたね？」

「でも……」とクレールが言いはじめた。

「それは……」とマレイズがまた彼女の言葉をさえぎった。「こういうことです。ブーション氏はあなたに、城で事件が起きた日の午後は何をしていたかと聞きました。あなたは、田舎を散歩していて、この地方をよく知らなかったので、迷ってしまった、とかなんとか答えましたね？……。おまけにあなたは、あえて言わせてもらえば良心に反して、ある旅籠で夕食をしたとまで断言しました。自分の仕事のなんたるかを知らないブーション氏は――これはあなたより、彼にとって残念なんですがね――、おそらく、その旅籠の名前をあなたに聞かなくてもいいと判断した。彼はおそらく、あなたが馬鹿なでっち上げを喋りながらおどおどしていることにも気づかなかった……。さてさて！　お嬢さん、いまこそこの質問に真面目に答えてくださいよ……。犯人が伯父上と家政婦を殺しているあいだ、あなたは何をしていたのですか？　……」

クレールはすっかり青ざめた。彼女は両手を胸に当て、話す決心がつかないようだった。

「さあ、いよいよ話してくれますかな？」と警部は確認した。「では、すぐ本題に入って、あなたを楽にしてあげます……。昨夜、芝生の大きな木の下であなたが会っていた、あのハンサムな若者は誰ですか？」

「ああ、神様！」とクレールは口ごもった。「あなたはそれをご存知……、そんなことまでも！」

《いや、いや》とマレイズは一種の怒りを覚えて考えた。《この娘が殺人犯とはありえない。彼

女は罪を犯せるほど冷静ではない。しかし、この状況はどこから見ても悩ましい……》

彼は声を和らげて質問を再開した。

「いいですか、お嬢さん。あなたが有利になるには、私にありのままを話すことです……」

「ええ、はい」と彼女は言った。「でも、よくわからないのですが……。つまり……あなたは私が……。そんなことってあるのですか？ ……あなたは私を疑っている！ ……」

「まだそこまではいっていません」とマレイズは誠意をもって答えた。「しかし、私は持って回った言い方は好きではありません。ブーション氏のような男は、いいですか、あなたに対して……故意の言い落としという、ひどい結論を引き出そうとしています」

クレールはひどく動揺した。確かに、警部は厳しかったのだが、彼女は彼を信頼していた。いっぽうで、彼女は自分の状況がすぐにも危険なものになりうるのを理解していた。しかしそれでも彼女には、全部を明らかにする決心がつかないことがあった。

「そうですね」と彼女はついに言った。「事件のあった一昨日の午後、あなたが昨夜ご覧になった男性と私が一緒だったことを否定しても、無意味でしょうね……。では、なぜ私が黙っているか？ 私たちは何も悪いことはしていません……。私たちは、ある旅籠で一緒に昼食を食べました。旅籠の名前はすぐに言いますわ。オー・ソレイユ・ドールです……。それから、午後はずっと散歩をして、私は夕食に城に帰りました、少し遅れてですけれど、これは本当です……」

《よし》とマレイズは考えた。《さあ、これからやり直しだ！》

彼は、クレールが本当のことの三分の一しか明らかにしていないことを確信していた。彼女は旅籠の名前を言って警部を喜ばせ、とりあえずは彼を落ち着かせた。じつは彼は歯ぎしりするほどイライラしていたのだが、しかし、クレール・ド・シャンクレイをこれ以上窮地に追い込むことはしないことにした。そして今度は優しく言った。

「その若者の名前と、職業を知りたいですね……」

「彼……彼の名前はジャン・アルマンタンです」とクレールは答えた。

「……そして職業は？」とマレイズはしつこく聞いた。

「私……私は知りません」と彼女は素直に答えた。

しかし、警部が椅子の上で飛び上がるほど驚いたので、彼女は急いでつけ加えた。

「本当なのですから仕方がありません。私たちが会ったのはごく最近で、それも不思議な状況で……」

そしてクレールはX……の道での自動車事故について話した。

「私たちは愛し合っています」と彼女は最後に素直に言った。

「まあ、そんなことだろうと思っていましたよ」と警部は言い返した。「そこで、どうしても必要なのが――あなたにも納得して欲しいのですが、できれば？――私がその男性に会って、話すことです……。どこに行けば彼に会えますか？」

「まあ！」とクレールは言った。「彼はいまはX……にはいません。明日の午後に帰ってきますわ」

「私の想像では」と警部は言葉巧みに言った。「えーと……」

どんな答えが来るか確信していた彼は、微笑みを抑えることができなかった。

「……あなたは彼を信じていますね？」

マレイズの予想通り、クレールは叫んで言った。

「私自身よりも！」

《さてさて！　これは面白くなりそうだ》とマレイズは考えた。《彼も彼女のように好感が持てればだが……》

それにもかかわらず、彼はひどく苛ついていた。この娘《こ》は自分が窮地にいることに、まったく気づいていなかった。マレイズの目にブーション氏のいやらしいイメージが浮かび、一瞬、この鈍い男がクレールを尋問しているのを想像した。彼ならあっさりやっつけるだろう、このろくでなし！　……

「あのー、警部さん」とクレールがおずおずと聞いた。「あなたはまだ、私が嘘をついていると思っていますか？」

「必ずしも嘘とは思っていません」とマレイズは無愛想に答えた。「しかし――いや、自己弁護をしても無意味ですよ――、嘘に近い……。昨日もあなたに言いましたが、あなたは勇敢な女性です。前言は取り消しません。そして、あなたがそれを証明するために、ここだけの話として、単刀直入に言わせてもらうと、あなたには危険が迫っているということです……。まさに逮捕されようとしているんですよ……」

「えっ！　なんですって？」とクレールは叫んだ。「なんと恐ろしい……。そんなバカな！

……」

「でも、そうなのです」とマレイズは重々しい口調で言った。「いいですか、少しは考えてみてください……。ド・シャンクレイ氏と、とくに彼の家政婦が亡くなって得をしたのは誰でしょう？　……。あなたです！　……。現在までのところ、あなただけです。近い将来あなたと結婚するというアルマンタン君とともに……。おや、どうかしたのですか？　……」

「なんでもありません」とクレールは口ごもって言った。その顔はいまにも失神しそうだった。

「いえ、なんでもありません……。もう大丈夫ですわ……。話を続けてください、警部さん、とっても興味があります！　……」

「あなたがそうおっしゃるなら」と警部はぶつぶつ言いながらも続けた。「ド・シャンクレイ氏と家政婦の習慣に完全に通じていて、昼食のキノコを毒キノコに入れ替えることができたのは誰だったのか？　そして、レイモン夫人が食事のたびに飲んでいたミネラル・ウォーターに――これはあなたがブーション氏に言っていましたね――シアン化合物を混ぜることができたのは誰だったのか？　最後に、マティアスが日中出かけているのを知っていて、陽が暮れる前にド・シャンクレイ氏を救助できる者は誰もいなかったのをほぼ確信していたのは誰だったのか？　あなたです、どう考えてもあなたしかいない、違いますか？　……。本当のことを言うと、私がどうしてあなたを無実と思っているのか、自分でもわからないのですが……」

最後の言葉に、クレールはエイメ・マレイズの手をつかんで言った。

「あなたはなんていい人なのでしょう！」

マレイズは唸るようにつぶやいて抗議し、ぶっきらぼうに手を放した。

「ブーション氏はそうじゃない。彼は、最短期間で、なにがなんでも犯人を必要とする判事のひとりです。ブーション氏を信用してはいけません、お嬢さん！」

「でも、どうしたらいいのですか？　……」とクレールは困り果てて言った。

マレイズが椅子の上で興奮したように動いた。

「私に考えがあるのですが、聞いてくれますか？　明日の朝、あなたは起きてはいけません。できるだけ重病になったふりをする、伝染病がいい、チフスでもコレラでも、なんでもいいです。そして、健康を回復するのは、私が重大な手がかりをつかむまで待ってください」

クレールは思わず微笑んだ。

「あなたは本当にそれでうまくいくと？　……」

「ブーション氏は大人しく距離を置くだろうと……、私は確信しています。それが、正直なところ、いまの時点であなたが望める最善の策です」

長い沈黙があった。エイメ・マレイズはその間、激しく自分を咎めていた。まるで子どものように振る舞ってしまったではないか。彼は自分が上司の信頼に値しないと感じていた。どうして、この娘《こ》は彼に本当のことをすべて言わずにいられるのだろうか。彼女はたぶん、もっとも重要な情報をまだ話さずにいるのに、彼、エイメ・マレイズは、警部のくせに彼女の共犯者になっている。正直に言って、彼は《自分で自分が嫌になっていた》
いっぽうの彼女、クレール・ド・シャンクレイは感謝の気持ちでいっぱいになっていた。彼女はその気持ちを示すのに最高の方法はなにか、一生懸命考えていた、そして突然、それを見つけた。

「聞いてください」と彼女は言った。「あなたは私にとてもよくしてくださるので……これまで誰にも言っていなかったことをお話しします」

「おお！」とマレイズは言った。

そして、彼の思いやりがついに報われようとしているのを確信した。

XII　クレールが新事実を語る

クレールはナプキンをたたんで立ち上がった。

「警部さん、伯父の書斎へ一緒に来ていただけますか?」と彼女は提案した。「あちらのほうが静かで、落ち着いています。そこで知っていることをお話ししますので、どうぞ聞いてください」

二人が書斎に落ち着くやいなや、彼女は警部に、城に着いた夜、レイモン夫人が芝生の大きな木の下で見知らぬ男と会話しているのを目撃したことを話した。彼女はそこで聞いた脅迫の言葉――《……あんたを殺すことができる》――と、キノコ狩りに行った林での会話の成果を、そのまま彼に言った。

クレール・ド・シャンクレイが話しているあいだ、マレイズは秘かに歓喜していた。ついに彼は手がかりをつかんだのだ。どのくらい価値があるかは別として、しかし一個はつかんだ!

「素晴らしい」と、彼は彼女が話し終えると言った。「私はすぐにジェローム・レイモンについての情報を問い合わせます。もし彼が伯父上と家政婦が殺される前に出所していたら、見通しとしては大変な仕事になりますね……。あなたが私に明らかにしようとしたのは、それで全部ですか?」

「とんでもない!」と彼女は叫んだ。「ほかにもまだたくさんあります。重要かどうかは、私にはわかりません……。それはあなたが判断してください」

それから彼女は、伯父が亡くなった日の前日に《赤狼》がド・シャンクレイ氏を訪ねていたことを話した。密猟者が城主と猟場番人を脅していたのを聞いたことも、警部にそのままの言葉で話した。

そうして、エルヴィール・ド・シャンクレイのことも同じように話すことができた。

「ああ、なんという! わくわくしてきたぞ!」とマレイズは叫んだ。「私はどうしたらいいんだ。昨日、あなたが判事にこれらのことを話さなかったのを叱っていいのか、それとも、私に最初に話してくれたあなたを褒めていいのか……。あなたの話によると、伯父上は妻だった女性を忘れることができず、いまでも彼女を愛していたようだ、ということですね?」

「あの夜、伯父が話したことを聞いた限りではそうです」とクレールは答えた。「ええ、私はそう思いました。でも、事はそう単純ではなくて、このときのやり取りは事件の一面しかあらわしていません……。私が書斎を出ると、レイモン夫人とバッタリ会ってしまいました。伯父は間違っていなかったのです。彼女は玄関ホールの暗闇でドアの後ろに隠れ、伯父が私に言ったことを全部聞いていたのです。それは彼女が最初に言ったことでわかりました……」

「それをそのまま私に言ってもらえますか?」と警部は頼み、モールスキンのカバーをかけた小さな手帳にメモをした。

「もちろんですわ」とクレールは答えた。「彼女は《あの方は悪魔のエルヴィールのことをまたあなたに話していましたね？》とか、それに近いことを大声で言いました」

「そのあとは？　何を言いましたか？」

「そのあと彼女は私に、エルヴィール・ド・シャンクレイは亡くなっておらず、ある……ある将校を追って伯父を捨てたとはっきり断言しました」

「その将校の名前は言いましたか？」

「いいえ。それでも、エルヴィール・ド・シャンクレイは城を出て二年後ぐらいに、一カ月の間隔を置いて二回、伯父を訪ねてきたと私にはっきり言いました」

「彼女はいつ城を出たのですか？」

「いまから二年半近く前のはずです」

「レイモン夫人はエルヴィール・ド・シャンクレイの訪問の目的は話しませんでしたか？」

「それが、話してはくれたのですが……」とクレールは言った。

「どうしてそこで止めるのですか？」

「レイモン夫人の言ったことを全面的に信じていいのか、私にはよくわからないのですが、でも彼女は、エルヴィール・ド・シャンクレイが伯父を……脅しているのを聞いたと言っていました」

「おー！　ほう！」とマレイズは言った。「で、彼女はなぜ伯父上を脅していたのでしょう？」

「伯父がお金を与えるのを拒否したからだと、私は思います」

「おやおや、さてさて！」とマレイズが口をはさんだ。「私はどうもこれは本当ではないと思います……。だってあなたはほんの五分前に私に、伯父上は裏切られたにもかかわらず、妻を愛しつづけていたと言いませんでしたか？」

「確かに」とクレールは答えた。「私はそう言いました。でも私は同じように、伯父はちょっと変わった人だとも言いました。おまけに嫉妬に苦しめられていましたし。レイモン夫人の話によると、伯父はある日、妻となった女性は伯父にとっては死んだ、とまで言ったそうです。そのあと伯父は、《彼女がどうしてここまで変わったのか私にはわからない》と言ったそうです。《あのエルヴィールが少女のようにやって来て、私にお金を要求し、私が同意しないと言って脅しに出た。あのエルヴィールは私が愛した女性とは……似ても似つかない。あれは偽のエルヴィールだ、知らない女性だ……》って」

「この話は筋が通っています」とマレイズは認めた。「つまり、エルヴィール・ド・シャンクレイはあなたの伯父上を脅していたということですね？　殺すかもしれないという脅しを？」

「そのようです」

「ド・シャンクレイ氏は、妻が出ていったあとすぐに離婚を要求したのですか？」

「すぐにしたと思います」とクレールは言った。「伯父は離婚できました。いずれにしろ、簡単にできたはずです」

警部は立ち上がり、書斎をしばらく歩き回ってから、エルヴィール・ド・シャンクレイの肖像画の前に行って立ち止まった。

その肖像画をちらっと頭で指しながら、彼は聞いた。

「ところで、彼女の住所をあなたは知らないですね？」

「ええ、知りません」とクレールは言った。「それでも、マティアスならたぶん知っているかもしれません。彼はもう何年も伯父に仕えていますから、もし彼が話す気になれば……」

「話したほうが彼のためです」とマレイズはつぶやいた。「あなたのおかげで、お嬢さん、新たな手がかりを得ましたが、しかしこれはあまり役に立たないのではないかと思いますね……」

「なぜですか」とクレールが聞いた。

警部は肩をすくめて言った。

「エルヴィール・ド・シャンクレイは伯父上が死んでも何の得にもなりません。復讐に駆られたということはあるかもしれませんが……。しかし、レイモン夫人の死は説明がつきません」

「事によりけりです」とクレールは言った。

「はあ！　……」

「レイモン夫人はあの夜、私に打ち明け話をするようでした」と彼女は続けた。「すでにお話ししましたが、伯父は彼女に夫と離婚するよう何度もすすめていて、元受刑者がときどき彼女にジェローム・レイモンの情報を伝えに来ていたことを知ったら、彼女を追い出そうとまでしたでしょう。それに！　伯父は六カ月前、彼女に結……結婚を申し込んだそうです」

「いまなんて言いました？」とマレイズは叫んだ。

「レイモン夫人が伯父から結婚を申し込まれたと、私にはっきり言いました」と言ってから、彼女は苦々しくつけ加えた。「伯父は悔しまぎれに言ったに違いありません。この話が伝われば、前妻を嫉妬させ、たぶん、戻ってくると願っていたはずです……」

頭を傾け、両手を後ろに組んで、マレイズは再び部屋の中をうろうろ歩きだした。この事件はまったくもって複雑だった。そして彼はいま、殺人方法について前日に結論づけたことにあまり自信がなくなった。つまり、殺人犯を犠牲者を取り巻く知人友人のなかからも探さなければならなくなったのだ。

「一つ、やはり奇妙なことがあります」とクレールは言った。「それは伯父に聞いた伝説です。伯父によると、ド・シャンクレイ家で代々再婚した城主は全員、非業の死を遂げています。伯父はこの伝説をもとに、いくつも例をあげました。ここでつけ加えなければいけないのは、伯父自身はそんな伝説を気にしていなくて、そのいい証拠がレイモン夫人へ求婚したことです……。それなのに、またしてもその伝説が裏打ちされたということです……」

「おお！」とマレイズは叫んだ。「伝説のことは、いまは置いておきませんか？　そうでなくても私はこの事件でこんがらかっている。それよりはとにかく、あなたが話してくれたことで引き出せた良い点に目を向けましょう……。いまのところ、私には三つの手がかりが与えられています……。密猟者とジェローム・レイモン、エルヴィール・ド・シャンクレイ……」

「あなたはそう考えているのですか……？」

「いずれにしても、決めつけるのは早急でしょう。私に言えるのは、すぐに調査に出かけることです……。あなたの話では、ジャン・アルマンタンは明日の午後にX……に帰るということでしたね？」

「はい」とクレールは答えた。

「しかし、そこに住んでいるわけではない？」

「私と同じで」と彼女は説明した。「ジャンは天涯孤独です。根っからの旅人で、彼が言うには――彼女は微笑んで続けた――、私に出会うために世界中を走ってきたって……」

「それはご馳走さま」とマレイズは言った。「しかし、とりあえずいま彼はX……に泊まっていると、思うのですが？」

「はい、旅籠に」

「申し分なし」と警部は言って書きとめた。「それでは、クレールさん、私はここで失礼します……。これから車で村へ行って、できればマティアスに尋問し、それから至急の伝言を送信します」

X……の道を車で走っているあいだ、エイメ・マレイズは秘かに喜びを嚙みしめていた。彼はクレール・ド・シャンクレイを尋問したやり方に大いに満足していた。彼女の有罪を信じないで聞いたことで、厳しく追及していたらずっと知らずにいたかもしれないことを、彼に打ち明けてくれるまで持っていったのだった。

今度はマティアスにも話してもらうために、努力して優しく接しなければならなかった。この男は当然のことながら、トランブル城の住人の生活と、ここ数年のあいだに起きた出来事について想像以上に知っているはずだった。マレイズはクレールに、マティアスにとって得策なのは話すことだと断言はしたが、彼には当のマティアスがそれを理解しているかどうかは確信が持てなかった。この男は無口なうえにがさつで、マレイズは彼に好感を抱かれていないのは百も承知だった。彼を疑っていることをあまり露骨に示そうものなら、決定的に嫌われそうだ。

そうでなくとも、嫌疑はまったく不当なものとも言えた。庭師にははっきりとしたアリバイがあった。

マレイズがX……の大通りに車を乗り入れたところで、誰かが呼びかける声が聞こえた。

「警部！　警部！」

甲高い声はすぐに判事のものだとわかったにもかかわらず、マレイズはブレーキをかけて止まってしまった。

ブーション氏が大股で車に近づいてきた。

「私のホテルへ行くところではないですかな、警部？」と彼は言った。

《私のホテル》といっても旅籠だったのだが、それでも彼は宮殿であるかのように話したのだ。

マレイズはブーション氏の間違いを正す気にはとてもなれず、ただうなずいて同意した。

「私もそう思っていたんですよ……」と判事が続けた。「ラジュス先生の事務室を出てから、本当にあなたを探しましたよ、警部。あなたは、なんということか、遺言を最後まで聞かずに出ていってしまった。そしてあの娘さんも私の手をすり抜けて行った……」

「娘さんとはド・シャンクレイさんのことですか？」とマレイズは冷ややかに口をはさんだ。

「もちろんです。あなたは遺言をどうお考えですか？　十分に特徴的です、ね、そうでしょう？　あれ以来、私はいろいろなことが理解できました。警部、城に泊まりたいというあなたの考えは悪くなかった。あなたは、つまり、事件の中心人物が城にとどまっていると言いませんでしたか？　まさにそうです！　まさにそうです！」

「ド・シャンクレイさんは病気です」とマレイズは言った。

「病気！　何の病気です？　……」

「彼女はそけい部と首と、ほぼ身体じゅうが痛いと言っています。深刻になりそうだと、私は思います。これからメルロ先生に城へ行ってもらいます」

ブーション氏はあえて抑揚をつけて笑った。

「仮病ですよ、警部！」と彼はあざ笑うように言った。「あの娘さんはけっこう抜け目がないですからね、当然、自分に危険が迫っているのを感じたんでしょう……」

「本当ですか？」とマレイズは驚いた。「それで、何の危険が迫っているんですか？」

「まあまあ、警部！　あなたはもっと鋭いと思っていましたよ。すべてがこの娘さんには不利です。私はさっき、電報をいくつか送りました。彼女についての情報、X……に来る前の生活について、私は完全に知りたいと思ったのです。明日、私は城へ行って、彼女を改めて尋問し、そして……」

「そして……？」

「いずれわかる、警部！　いずれわかります！」

「しかし……もし彼女が病気だったら？」

「なあに、かまうものか！　それほど大した病気じゃないだろうから、少しぐらいなら話せるだろう」

マレイズは歯ぎしりして両手を握りしめた。こうして彼の恐れていたことが現実になろうとしていた。ブーション氏は上機嫌でクレールを追いつめる準備をしていた。話し合っても無駄だった。マレイズは、上司の洞察力をいかがわしく思っていたのだが、その場ではひと言も言わなかった。

ブーション氏は、午後いちばんに法医学者によって発表された解剖結果で、レイモン夫人の死因はシアン化合物の吸引によることが確認されたと言ってから、マレイズに聞いた。

「それで警部、それ以外に重大な手がかりは？」

マレイズは頭を振った。

「たぶん……。私にはまだわかりません……。少し様子を見る必要があります……」

ブーション氏は満面の笑みを浮かべた。

「私が思うに」と彼は高らかに言った。「あなたは無駄な努力をしている。クレール・ド・シャンクレイの有罪は明白です。彼女の尋問書を読み直してみましたが、答えに筋が通っていません。あのときすぐに気がつくべきでした」

マレイズが急いで別れを告げ、再び車で走りだしたとき、判事が叫んで言った。

「これから医者のところに行くのですか？　私からよろしくと伝えてください、それから、私はド・シャンクレイさんの病気は仮病だと思っていることもね……け・びょ・う！　……」

しばらくすると、エイメ・マレイズはメルロ医師の家の台所でマティアスと向き合っていた。

彼は庭師の頑固そうな額と、くっきりとした皺、意志の強そうな顎を注意深く見つめてから、意を決して質問に取りかかった。

「さあて、君、君が知っていることを私に話してくれないかな。亡くなったご主人の私生活と……それから結婚と、とくに離婚について……」

マティアスは疑わしそうに警部を見つめた。

「誰がそんなことを話したのですか？」と彼は聞いた。

マレイズは抵抗するつもりだった。しかし、脅しや強制では庭師からは何も引き出せないことを理解した。そこで、彼は答えた。

「これを教えてもらったのはクレール・ド・シャンクレイさんからです」

マティアスは手を拳にしてポケットに突っ込み、椅子の背に仰向けにひっくり返った。

「彼女があなたにそんなことを言ったのは間違いです」と彼はぶつぶつ言った。

「えっ、どうしてそう思うのですか？」

「それは何の役にも立たないからです……」と庭師は答えた。

彼はさらに声を荒げてつけ加えた。

「……アンリさんは、亡くなる前、奥さんのことで物議をかもすことには耳を貸さなかったでしょう」

「おそらく！」とマレイズは認めた。「しかし、正義は……正義は重んじなければ」

「俺は、どう言ったらわかってもらえるんだろう？　俺だってそう思うさ」と庭師は重い口調で言った。

それから彼は黙ってしまった。

「しかし」とマレイズは言葉巧みに言った。「もし君が正義のために何も助けてくれないとしたら……」

「ああ！　人はそれぞれ自分の職業に励むしかないんだよ！」とマティアスは答えた。「もし俺があんたにさし穂を手伝ってくれと言ったら……」

怒りが突然、警部にこみ上げた。

「ということは、君は……」と彼は拳でテーブルを叩きながら言った。「ということは、君は、君の主人を殺した者が罰せられなくてもいいというのか？　……。おい、言ってみなさい、それが君の望むところなのか？　……」

「俺は逆に」とマティアスは落ち着きはらって答えた。「犯人を一刻も早く逮捕して欲しいと思っている。しかしな、だからといって、あんたが誰に対しても、疑いの目を持って尋問して、痛めつけていいという理由にはならない……。今朝、あんたが俺にしたようにな……。この俺に、ド・シャンクレイ氏は《忠実な奉公》に対する報いとして二万フランも残してくれたんだ！……」

マレイズは立ち上がった。彼は確実に怒りくるっていた。

「それは大変けっこうなことだ！」と彼は冷たく言った。「ということはすなわち、君は殺人犯の共犯者になるほうがいいということだ……」

マティアスがほぼ同時に立ち上がった。

「もう一度言ってみろ！」と彼は怒って言った。

警部は肩をすくめた。

「そういう男は」と彼は落ち着いて言った。「君のように、そういうふうに、明らかにできるはずの正義を拒否する男は全員、間違いなく共犯者になる……」

そのとき彼は、庭師が振り上げた拳を締めつけるのが精一杯だった。しばらく二人の男は目と目で面と向き合っていた。それからマレイズはマティアスの拳を放し、帽子をつかんでドアに向かって歩いた。

台所を出るところで、彼は振り向いた。

「一つだけ聞きたい」と彼は言った。「もし君さえよかったら答えてくれ……。エルヴィール・ド・シャンクレイの住所を知っているかな？」

マティアスはしばらくためらったあと、警部を上目使いに見た。

「ああ」と、彼はついに答えた。「彼女はパリのリシュリュー通り二十二番地に住んでいる」

「ありがとう」と、マレイズはドアを閉めながら言った。

結局のところ、いまの段階で知りたかったのはこれがすべてだった。

彼はそのままメルロ医師の部屋へ向かった。彼は医師に信頼感を抱いていた。だから、判事がクレール・ド・シャンクレイに対して重い嫌疑をかけていることもためらわずに伝えた。彼女が仮病を使うことで得することを言い、そして最後に、自分が調べたことを個人的な情報として伝えた。

「わかりました。私はあなたと一緒に行きます」と、医師は長びく説明を申し訳程度に聞いて言った。

車で城に向かうあいだ、二人は何も話さなかった。マレイズはハンドルを握っていたが、しかし、頭ではほかのことを考えていた。

彼は城主の書斎にあったエルヴィール・ド・シャンクレイの絵をはっきりと覚えていた。あの穏やかな微笑みの裏に悪巧みが隠され――ついにはそれを実行してしまうとは可能なのだろうか？　あの優しそうな手で、可能だったのか……。

「おいおい！」と医師が叫んだ。「どこへ行くんだ？　……」

警部は急ハンドルを切って謝った。あと少しで彼は、数日前のジャン・アルマンタンのように、医師の車を木にぶつけるところだった。

しかし、そこには情状酌量の余地があり、そのとき彼は若い頃に愛読した海賊小説によく出てきたある話を思い出し、ド・シャンクレイ氏の小指が切断された理由をついに発見して、気持ちが激しく高ぶっていたのだった。

XIII　いくつかの驚き

十月十一日

警部マレイズは、この朝、いつもより遅く目が覚めた。

服を着つつ遅い朝食を取りながら、前日に知ったことと着手したことの要点をまとめた。彼は時間を一時も無駄にしていなかった。城に帰るやいなや、メルロ医師はクレールに感染症患者を完ぺきに演じるのに必要な要素をもれなく提供し、いっぽうのマレイズはウォルテル警部を探しまわっていた。

これはそう簡単ではなかった。実際、ウォルテルがどこにいるかは誰もまったく知らなかった。彼は誰もが認める勝手気ままなタイプで、マレイズも食事の席で滅多に顔を見たことがなかった。口数が少なく、しかもぞんざいで、ときどき、役に立つとは思えない謎めいた仕事に精を出し、突然、思いもかけない場所に得々とした表情であらわれるのだった。マレイズは、彼は真面目さに欠けるとときには思っていたが、しかし、二人は強い友情で結びついており、マレイズは経験から、彼を仲間として頼りにでき、どんな難しい仕事も手際よくやってくれるのを知っていた。

このとき見つけた彼は芝生の大きな木の下で、城を背にあぐらをかいていた。

「ウォルテル、君の力が必要だ」とマレイズは言った。

ウォルテルはぜんまい仕掛けのように立ち上がった。

「はい、ボス」

マレイズは彼の腕を取り、城に向かって歩きながら、彼にやってもらいたいことを簡潔に伝えた。

「すぐに出発すれば、今夜には向こうに着くだろうから、明日の午前には調査ができ、夕食前にはここに帰って来られるだろう。もちろん、パリに電報を打つこともできるのだが、しかし、私は君の目で見てもらいたい……。駅までは車を使ってくれ。ついでにドクターを家に送って欲しい。先生は明日の朝、車を戻しがてら《患者》を見にここへ来る」

その朝、マレイズがコーヒーを飲み干しながら考えていたのはそのことと、ウォルテルが出発したときに託した電報のことだった。この電報は、ジェローム・レイモンに関する情報をできるだけ早く警部に知らせて欲しいという内容だった。

こうして二つの側面をおさえたうえで、その朝マレイズには、もう一つ、追いかけるべき足取りが残っていた。それは《赤狼》の足取りだった。

さっそく警部は猟場番人、ピエールの尋問に取りかかった。彼はマティアスが寝泊まりしている小部屋の前に座っていた。

猟場番人は鮮やかな赤毛と力強い筋肉の大男で、低い額の下にある灰色の目はいかにもおせっかいそうに見えた。

秋の淡い太陽が、彼が磨いていた鉄砲の銃身に当たっていた。

「やあ、こんにちは、ピエール」と警部は言った。「お邪魔じゃないかな？」

「そんなことはいっさいがっさいありません、旦那。こんにちは、旦那……。よく眠れましたか、旦那？」

マティアスとは大違いで、猟場番人にはいいことをしたいという善意がありありと見てとれた。初めて会ったというのに、彼はマレイズに援助を申し出たのだった。そこでマレイズは単刀直入に聞いた。

「ピエール、《赤狼》のことで何か知っているんじゃないかな？」

猟場番人は鉄砲を磨くのを止め、眉をしかめて警部を見上げた。

「あいつは鼻持ちならない野郎ですぜ、旦那！　本物の鼻持ちならない野郎だ！　……。なんでもやる奴でっせ、ええ！　わしが最初にあいつのことを言わなかったのは、機会がなかったからで……」

「どうやら彼は」とマレイズは言った。「ド・シャンクレイ氏を亡くなる前日に脅していたようだな？」

「間違いありませんぜ、旦那。わしはそれを知りませんでしたが、そう聞いてもちっとも驚きませんからな。奴はわしも、数日前に脅しやした……。しかし、最後は旦那、わしが奴を殺《や》っつけますぜ！　……」

「どういうことですか?」と警部は聞いた。

「言いやしょう! この食えない男は、ここに罠の輪差を張るのが許されないのを認めようとしない。ある夜、そういや、ド・シャンクレイの旦那が殺された日のまさに前日でっせ、わしはまたまた待ち受けていたあいつに出くわした。わしは消えろと命令したが、奴は聞く耳を持たなかった……。わしの命令は絶対じゃないっすか? 野郎はその二日前、今度わしに会ったらその場で撃ち殺すと言っておった。その夜は、うまい具合に奴は鉄砲を持っておらず、しかし、わしは持っていた……。まさにこれですぜ、きれいでいい鉄砲だ、旦那。わしはあいつを銃で狙い、最後に……とっとと消えろと命令した。奴は言ってみりゃわしを無視した……。それでわしは、しょうがない、引き金を引いた……」

「引き金を引いた!」とマレイズは叫んだ。

「もちろん、ちゃんと注意して、少し上か横にそれて狙いやした……。奴はわしを悪魔の形相で睨んで、それから逃げやした……。これで奴もちっとは考えてくれると思いまっせ」

「そうだろ、そうだろ」とマレイズはつぶやいた。

彼もまた、この一撃の話で考えさせられた。彼は《赤狼》の復讐心は、この警告のあと、最高潮に達したはずだと考えていた。だとしたら、あり得ない話ではないのではないだろうか……。

「《赤狼》にはどこに行くと会えますか?」と警部は聞いた。

「ああ!」とピエールは答えた。「奴は女房とうるせえガキと一緒にあばら屋のようなところに住んでまっせ。ここから二十分ほどの、言ってみりゃ林のど真ん中……。あんたひとりじゃわかりっこないが、しかし、もしよかったら、わしが案内してもいい」

マレイズは、密猟者の家には彼がひとりで入るという条件で、ピエールの提案を受け入れた。猟場番人はこの訪問が心配なことを隠そうとせず、警部にあばら屋の中にはなるべく入らないように言いつづけ、慎重に行動するよう何度も忠告した。

警部は車で行こうとしたのだが、ピエールはそれも思いとどまらせた。彼によると、車は何の役にも立たないどころか、逆に《言ってみりゃあ土にはまりこむ》からだった。

歩くのが苦手なマレイズは、道中ずっと雑言を吐いていた。案内役として数メートル先を行くピエールの足取りは軽やかこのうえなく、マレイズはいくら真似ようとしても無駄だった。二人がようやく林の狭い空き地にたどり着いたとき、心からホッとしたのは警部だった。そこには《赤狼》のあばら屋が傾いて建っていた。

ピエールは警部の要求に従って姿を消した。マレイズが粗末な小屋に行ってドアを叩くと、ドアはほぼ同時に開き、ぼろ着を着た三人の子どもが放たれたように飛び出し、奇声をあげながら林に逃げていった。

それから密猟者自身が入り口にあらわれた。

「こんにちは」とマレイズは言った。「中に入っていいですか?」

「どうしてもと言うんなら、仕方がねえ」と《赤狼》は肩をすくめて答えた。

そして警部を通すために身体を引いた。

小屋に入ったとたん、マレイズは咳き込んだ。中はまさに息のつまるような雰囲気で、彼は椅子を探したのだが無駄だった。床は地面が丸出しで、猟犬がいたるところにたむろし、油紙で隠された粗末な窓から怪しい光が差し込んでいた。

「私は」とマレイズは言った。「ド・シャンクレイ氏と彼の家政婦の……殺人事件の捜査を担当している警部です。どうやらあなたは、城主が亡くなる前日、トランブル城へわざわざ行って、彼を脅したようですが？」

驚いたことに、密猟者はこれを否定しなかった。彼は城を訪問したことと、その夜、猟場番人とのあいだで起きたいざこざまで、こと細かく話した。最初は落ち着いた声だったのが震え声になったのは、ド・シャンクレイ氏の《石のような心》について話し始めたときだった。そこで彼の怒りは、これまで長いあいだ抑えていたぶん余計に激しく爆発し、マレイズの疑惑は、最初は相手の素直な態度のおかげで消えていたのが、この烈火の怒りで、再びつのることになった。

そこで彼は突然、聞いた。

「それはそれとして、おやじさん、十月八日の午後は何をしていましたかね？」

赤狼は高笑いをした。

「運のいいことに」と彼は高笑いが収まってから答えた。「わしは村でユシェじじいと会ってたよ」

「ユシェじじいとは誰ですか？」

「老いぼれの古狸で、川に石灰を散布して、明かりをつけた渡し船で漁をすることにかけちゃあ並ぶ者がいない。いまじゃあ耳が少し遠いが、しかし、まだ分別はある」

「そうですか」とマレイズは言った。「ところで、おやじさんは何時にそこへ行ったのか、覚えていますかね？」

「二時だったと思うね」と密猟者は言った。「じじいのところを出たのは五時で、それから駅前のカフェ・ド・ラ・ガールへ一杯飲みに行った」

彼はまた笑いだした。

「これじゃあ話にならないんじゃあねえか、ええ？ ……。しかし旦那、もしわしがあのじいさんを殺していたとしたら、こんなふうには話さないさ……」

この冷やかしは警部には何の効き目もなかったが、しかし、密猟者は正しかった。マレイズは確かに困っていた。もしユシェじいさんが赤狼のアリバイを裏づけたら、改めてほかを捜査しなければならなかった。

実際、マレイズにとって重要な点は、十月八日の午後、誰がトランブル城に侵入したかを明らかにすることだった。別の言葉で言うと、ド・シャンクレイ氏の指を切断した人物だ。食堂の絨毯に泥の跡をつけるには、この未知の人物は日中で唯一雨が降っていた午後三時から五時のあいだに犯行に及んだとしか考えられなかった。

警部がピエールのところに戻ったとき、猟場番人はマレイズが思った以上に長く帰ってこなかったのですでに心配し始めていた。

「ここから村へは遠いですか？」とマレイズは聞いた。

「近道を使えば十五分ぐらいでっせ」

「そうか、では行こう」

歩きながらずっと、マレイズはピエールにユシェじいさんについて聞いた。ピエールからの情報はあまり好意的ではなかった。

「言ってみりゃあ老いぼれの悪党で、自分の得になるとみりゃあ、どんな悪い仕事でもしまっせ」と彼は話し終えた。

ユシェじいさんがマレイズに残した印象もまたそうだった。警部が老人に、赤狼が事件の日に訪ねてきたかどうか、それが午後の二時で、五時には帰ったかを聞いたとき、彼はただ頭を振るか、何かぶつぶつ言って同意しただけだった。

警部と猟場番人はお昼前に城に戻ることができなかった。

戻るとそこに意外な驚きがマレイズを待っていた。判事ブーション氏がいたのだ。

「君は私にここで会うとは思ってもいなかったようだね?」と判事が聞いた。「しかし、私は今朝になって決心した。我われは一緒に仕事をしたほうがいいと思ったんだよ。村にいると、自分の考えに集中できなかった、なにかと邪魔ばかりされてね……」

ブーション氏と顔をつき合わせて昼食を取るあいだ、マレイズはそれでもボルドーを何杯か空けてしまった。目的はただ一つ、この日中、まずは密猟者のアリバイと、次いで時ならぬ判事のお出ましで、すっかり打ち砕かれた気力を取り戻すためだった。

食事の間じゅう、コーヒーの時間も含めて、ブーション氏はすべての会話をリードした。彼は有頂天だった。もちろん、《ホテル》ほどの快適さを城で味わえるとは思っていなかったが、しかし、そんなことより仕事ができるのが第一だった。彼には、事件は間もなく解決するという望みが十分にあり、とくに、午後に行う予定のクレール・ド・シャンクレイの尋問で明らかになることに多くを期待していた。ブーション氏は最後に、一部の者たちへの泣き言を並べ立てた。彼は事件について真剣に熟考したかったのに、彼らは遠慮もなくたわいもない話を知らせに来て、邪魔をされてしまったというのだった。とくにマシュー未亡人という女性は、X……の駅長が行方不明になったことを、その日の朝に知らせに来たのだが、判事には会わせてもらえなかった。彼女は捜査して欲しい重大な新事実があると言って、中に入れてもらおうと必死で食い下がった……。判事は当然ながら、そんなことは地元の警官に知らせるようにと伝えた……。ああ！　しかし、これが果たしてうまい対処法だったのか！　……。

イライラしっ放しだったマレイズは、判事の長話を上の空でしか聞いていなかった。こうして彼は、トランブル城事件で二つ目の重大なうっかりミスを犯したのだった。

ブーション氏がクレールの部屋に行っているあいだ、落胆しきったマレイズは玄関ホールの肘掛け椅子に座っていた。彼には、前日に送った電報の返事を受け取ることと、ウォルテルの報告を聞く前にやりたいことは何一つなかった。

マレイズはまた、村にいた時間を利用して、ジャン・アルマンタンが泊まっていた旅籠に伝言を残し、ド・シャンクレイ氏と彼の家政婦の死について聞きたいことがあるので、帰ったらすぐトランブル城に赴くよう伝えていた。

警部がうとうとしだしたとき、階段を大急ぎで降りる音がし、と思う間もなく、ブーション氏が呆気にとられたエイメ・マレイズの前の肘掛け椅子に崩れるように座り込んだ。

「もしかして……もしかして、この小娘は完全にいかれているのか？」と、判事は少し息を整えてから聞いた。「彼女から筋の通った言葉を引き出すのは不可能だった。私に話したことといえば、夜、幽霊のようなものがあらわれてはっと目が覚めた……ということだけで。彼女は君が介入したとまで言っている……。これはいったいどういうことなんだ、警部？ ……」

「全然大したことではありません……」とマレイズは答えた。「昨夜の夜中頃、ド・シャンクレイさんは異様な物音に目を覚ましてしまった。そこでベッドから起きて、窓のほうに行った。彼女いわく、男がひとり城のまわりを徘徊しているのを見たそうです……」

大したことではないと言ったものの、マレイズはこの出来事をそう軽くは扱っていなかった。クレールの叫び声を聞いて駆けつけると、彼にも、彼女のように、見知らぬ男が目に入った。彼はその男を近くで見るために城の外へ飛び出し、そしてその男が片目なのに気がついた。運悪く、踵で枯木を踏みつけガサッと音を立てたことで、マレイズはその男を逃がしてしまった。

彼は翌日の夜はしっかり警戒するつもりで、それに関しては猟場番人にもすでに厳重に見張るよう指示を出していた。しかしそれでも、ブーション氏までも急に思い立って警戒したいというのはまったく望んでいなかった。

それもあって、彼はこう言い添えた。

「私は昨夜の事件には何の重きも置いていません……。私は、ド・シャンクレイさんは熱に浮かされて幻覚にとらわれていたんだと思います」

「熱に浮かされていたと?」とブーション氏は叫んだ。「熱にねえ……。彼女の熱は私より低いですよ……。それより、私が君に昨日言ったことを思い出してくれたまえ、警部……。この娘さんは自分に危険が迫っているのを感じて、話題をそらそうとしているだけですよ……。そんなことに引っかかるのは愚か者です……」

「そんな状態で、あなたは何をするおつもりなのですか?」とマレイズは聞いた。

ブーション氏は急な決断をした。

「私が何をするつもりかって?」と彼は威嚇するような口調で言った。「私は何をするつもりか? ……」

彼は立ち上がった。

「そうさ、私はこれからまた彼女の部屋に行って、もう一度尋問する……。私の思い違いでないとしたら、明日には、彼女は……そうさ、体調も回復して逮捕できる!」

マレイズは歩き出した判事を一瞬、止めようとした。それができなかったのは、石段をのぼる足音を聞き、それが聞き覚えのない足音だと感じ取ったからだった。

それでも、彼はブーション氏がほかのことに関わってくれないかと願っていた。

判事の姿が階段に見えなくなったと思う間もなく、玄関ホールのドアが開いた。ピエールが入ってきて、警部に近づいた。

「いまそこに」と彼は言った。「あんたに話したいという男が来ておりやす……」

「名前は言ったか?」

「名刺をくれやした」とピエールは言った。「ほら、これです」

マレイズは名刺を読んだ。ジャン・アルマンタン。

「急いで！」と彼は叫んだ。「ここに連れてきてくれ」

＊＊＊

「待ってください、メモしますから」と刑務所長は言った。「マレイズ警部、トランブル城、X……村、カンピヌ……。はい、わかりました、必要なことはいたします……。これからすぐに指示します……。それでは」

所長は受話器を置き、呼び鈴のボタンを押した。

間もなく、若い男性が所長室に入ってきた。

「ブラダン」と所長は言った。たったいま検事室から電話があった……。ジェローム・レイモンという名前のファイルを探してくれ。どうやら、傷害罪で五年の禁固重労働の刑に服しているらしい。要望されている情報を見つけたら、至急、この住所に送ってくれたまえ。カンピヌ……、X……村、トランブル城、マレイズ警部宛てにだ。おっとその前に、ファイルでわかったことを私に知らせてくれたまえ」

「わかりました、所長」とブラダンは言った。

そして彼は部屋から出た。

刑務所長は即、元の仕事に戻った。十五分後、ドアがノックされた。ブラダンだった。

「所長、ファイルを見つけました」と彼は言った。「ジェローム・レイモンは十月八日、午前八時に釈放されています……」

「けっこう」と所長は言った。「それだけか?」

「いいえ、所長。ファイルには暴行と傷害でレイモンを訴えた人物の名前もあります」

ブラダンは手にしたファイルを一瞥したあと、穏やかな口調で言い終えた。

「トランブル城主、ド・シャンクレイ氏です」

XIV　嘘、嘘

ジャン・アルマンタンは騒々しくトランブル城の玄関ホールへ入ってきた。

「クレールはどこですか？」と、彼は警部を見かけるなり叫んだ。

マレイズは彼の前に進み出て、手を出した。

「あなたを呼んだのは」と彼は言った。「彼女ではありません。この私です」

ジャン・アルマンタンは視線を落として警部が差し出した手を見つめ、握手するのに少し迷っているように見えた。

握手し終わると、

「クレールはどこですか？」とジャンはまた聞いた。

「さあ、彼女の部屋だと思いますよ」とマレイズは答えた。「アルマンタンさん、どうぞお座りください。お話ししなければならないことがあります」

「本当に僕にですか？」とジャンは冷ややかに聞いた。

彼は立ったままだった。

「もちろんそうです」と警部もやはり冷ややかに答えた。

そしてジャンは座った。

「いいですよ……。でも、早くしてください」

「それはあなた次第ですね」とマレイズは言った。「十分で私と別れられるか、それとも、あと二時間ここにいなければいけないか？　お願いがあります。十月八日の昼間、あなたが何をしていたか教えてください」

「えっ、なんて言いました？」と、ジャンは座ったばかりの肘掛け椅子から飛び上がらんばかりに叫んだ。

「あなたにお願いしたのは」とマレイズは穏やかに繰り返した。「十月八日の昼間——ド・シャンクレイ氏と彼の家政婦が毒殺された時間帯ですが、あなたが何をしていたかということです」

「僕の理解が正しければ」と、青くなったジャン・アルマンタンはゆっくり言った。「あなたは僕からア……アリバイを引き出そうとしている？」

「なんとでも言ってくださってけっこうです」と、警部はかなり厳しい口調で答えた。「事件には何の関係もない」

「すみません、ついそう思ったものですから……」

マレイズはじりじりして足を踏みならした。

「少し楽にしてあげましょう」と彼は言った。「私はもう知っているんです。その日あなたはド・シャンクレイ氏の姪御さんと一緒だった。そのうえで、私があなたの口から聞きたいのは、午前十一時から夜の八時まで、あなたが何をしていたかです」

「それはクレール・ド・シャンクレイさんが言ったとしか考えられない」と、ジャン・アルマンタンは眉を変にしかめて言い返した。「そして、もし万が一、彼女が言ったのでなければ、いやいや！　……そうですよ！　僕もあなたにそんなことを言う必要はない」

「本当に？」と、イライラし始めていた警部は叫んだ。「本当に、あなたはそんな必要がないと思いますか？　……。それじゃあ言わせていただきますが、もしあなたがトランブル城事件に深く巻き込まれていると言ったら、必要だと思いませんか？　……」

「それほどとは」と、ジャン・アルマンタンはエナメルの半長靴の先で絨毯にわけのわからない線を描きながら、平静に答えた。

マレイズは椅子の肘掛けの上で手を引きつったように握りしめた。

「それでは言いましょう」と彼は言葉を次いだ。「この事件に巻き込まれているのはあなたひとりではなく、ド・シャンクレイ氏の姪御さんもそうで、彼女はまさにこの瞬間、判事の陰険な質問に答えています、必要だと思いませんか？　……」

ジャン・アルマンタンは立ち上がった。

「いずれにしろ」と彼は言った。「これ以上、あなたと話をする必要はないと僕は思います。判事がクレール・ド・シャンクレイさんを尋問しているとなったら、よし！　僕は彼女のところに行く……」

今度はエイメ・マレイズが立ち上がった。彼は煮えたぎる怒りを必死で抑えた。

《人を助けたいなら先に進むことだ》と彼は考えていた。《そこでどう思われるかだけだ……》

「僕を通してください、お願いです」と、ジャン・アルマンタンは明らかに憤慨した口調で頼んだ。

「ダメと言ったら、ダメだ！」と警部は叫んだ。「行かせない！　私が話したのは《でたらめ》だ。判事はそこにはいない。あなたを尋問するのは私の任務だ、神にかけて、私があなたを尋問する！」

ジャン・アルマンタンは優雅に肩をすくめて、一歩前に出た。

「それは理由にならない」と彼は言った。「まったくめちゃくちゃだ。ド・シャンクレイさんのそばに判事がいないから、僕が彼女に会いに行けないとは……。これが最後だ、警部さん、どうか僕を通してください」

マレイズは怒り狂いながらも、青年の魂胆をはっきりと読み取った。彼は警部になんであれ新事実を明かす前に、クレールと示し合わせ、彼女の口から、警部に対してどういう態度を取ったのか……聞きたいと思っているのだ。いやいや、これだけはなんとしても止めなければならなかった。

そこで彼は仕方なく《手綱をゆるめる》ことにした。

「聞いて欲しい」と彼は言った。「私たちはまずいことを言い合ったようだ。たぶん、私が少し悪かったかもしれない。知っておいて欲しいのは、クレール・ド・シャンクレイさんは、あの日何をしていたか時間を追って私に迷わず話してくれたということだ。そして、あなたがいますぐにも、彼女の言ったことの裏付けに証言してくれないというのなら……、彼女にとってひどく不利になる。はあ、わかった、私に託したくないというのは、こういうことですね。あなたたちは、二人とも、何かを隠しています」

今度はさすがのジャンも動揺したようだった。明らかに、彼が望んでいたことはただ一つ。クレール・ド・シャンクレイが警察によって嫌な思いをすることをなんとしてでも避けることだった。マレイズはこの気持ちに巧みに訴えたのだった。

「いいですよ」とアルマンタンは言ってまた座り直した。「いずれにしろ、警部さん、僕にはそれほど言うことなんてありません。クレール・ド・シャンクレイと僕は午後はずっと散歩して、一緒に夕食を食べました。そのあと、僕は彼女と別れ、彼女はそのまま城に帰りました」

《おっと、こりゃいけない！》とマレイズは思った。《この若者は余計なことを言ってしまった……。クレール、彼女は私に彼とは夕食を一緒にしなかったと言っていた……。どう考えても、二人は嘘をついている……。嘘をついている……》

そして、それを確認した警部は残念でしかたがなかった。若い二人は非常に感じがよかったのでなおさらだ……。

「それは変だ」と彼は小声で言った。「あなたがクレールさんと一緒に夕食を食べたのは、もちろん、間違いないことですね？」

「もちろん！」とジャンは答えた。

しかし、その声は自信なげだった。

彼はつけ加えた。

「どこが変なのですか？」

「それは単に」とマレイズは答えた。「彼女のほう、クレールさんはあなたと一緒に夕食をしなかったとはっきり言っていることです」

ここでまた、ジャン・アルマンタンの顔が青ざめた。

「彼女……彼女はそう言ったのですか？」と彼は聞いた。

「もちろん、そうです」と警部は答えた。

突然、ある大胆な考えが彼にひらめき、彼はためらわずにそれを取り入れることにした。もちろん、もっと気のきいたやり方はあったのだが、目的さえよければ手段は選ばず、とにもかくにもアルマンタンにはこの場で真実を言ってもらわなければならなかった……。そうでなければ、いずれはブーション氏がそれを引き出し、考えもなしに利用するだろう。

マレイズは、そのあいだ、瞑想にふけっているように見えた。それから彼はつけ加えた。

「もちろん、そうです、それは彼女が私に言いました……。そしてほかのこともね」

「えっ……ほかのことも？」と彼は繰り返した。わけがわからないようだった。

警部は手を膝に置き、突然彼のほうにかがみ込んで、強い視線で相手を見た。

「嘘はもうたくさんだ！」と彼は叫んだ。「クレールさんは今朝、我われに全部話してくれたんだ」

「ああ！」と、ジャンは力つきた戦士のように言った。

そしてそのまま椅子の背に倒れ込んだ。

「さあ、やっと話してくれるかな?」とマレイズはたしなめるように言った。「前もって言っておきますが、君は一か八かの勝負に出ている。いまこそ私に本当のことを言うときだ、本当のことを全部。それだけが君を助け――クレールさんも助けることになる。彼女はまさに逮捕されようとしているのですよ」

「そんなバカな!」とジャンは叫んだ。「それは汚い! 僕たちは何も悪いことをしていません……そしてもし、あらゆることを想定して、もし罪のある者がいるとしたら、それは彼女ではない、それは僕です!」

「私はそう思いたい」と警部はわかったように言った。「しかし、私は知りたい……」

「ああ! あなたに全部話します!」とアルマンタンは激しい調子で叫んだ。「それに、僕たちにはそれをあなたに隠しておく理由が取り立てて何もない……心配していたのはクレールのほうで……」

彼は見えない敵から解放されようとしているかのように、突然、全身をぶるぶる動かし、それから言った。

「こういうことです。ド・シャンクレイ氏と彼の家政婦が殺される二日前、僕はクレールに結婚を申し込むために彼女の伯父さんに会いに行きました。彼はそれを非常に悪く受け止めて、激しく怒りだし、姪が僕と結婚すると言いつづけるなら相続権を奪うと言って、危うく僕は追い出されるところでした」

「それから?」とマレイズは言葉巧みに誘った。

「それからですか？　……。もちろんクレールは成人ですから、伯父さんの同意なしでも結婚できました。後見人でもなかったですからね。それでも、彼女には良心のためらいがあった。僕もそうでしたがね。彼女はド・シャンクレイ氏に深く同情し、本当の愛情を感じはじめていましたから、彼を悲しませるのを心配していました。僕のほうは、伯父さんが本当に彼女の相続権を破棄したらどうしようかと心配しました。クレールはこれまで生活のために働かなければいけなかったし、かといって、ド・シャンクレイ氏の露骨な反対をはなから無視して彼女を愛するのもいけないことでした……。一方で、もう二人で会わないことにするのも――さらには、結婚を遅らせるなんて――、僕たちには不可能に思えた……」

「それで？」とマレイズは息をはずませて聞いた。

「それで」とジャン・アルマンタンは話を続けた。かすかに真実が見えはじめたのだ。「僕たちはある妥協をすることにしました。数日前――まさに十月八日です――、クレールはどんな口実を使ったのか僕は知りませんが、伯父さんに昼食と午後いっぱい留守にすると言いました……。それからこの近くで僕と会って、二人で僕が友人から借りた車に乗り――それはちょうど昨日返しました――、そして……僕たちは結婚しに行ったんです……」

「おや、おや、ああ！」と警部は叫んだ。「そんなことだろうと思っていた！」

「どんなことだろうと思っていたんですか？」と、急に不審に思ったジャン・アルマンタンが聞いた。

「それこそがド・シャン……おっと、アルマンタン夫人が私に打ち明けなかったことだった」

「えっ？」と、ジャンはパッと立ち上がって叫んだ。突然、警部のごまかしに気づいたのだった。「えっ？　彼女はあなたに言っていなかった？　……。それなのにあなたは言ったと言い張った！　……。警部さん、これは背信行為で……」

「まあ、まあ、まあ」とマレイズは言った。「そんなにカッカしないでください。あなたがこうして話してくれたことで、じつは……あなたの妻と私に大変に役に立つことをしてくれたのです。というのも……」

そして彼は取り急ぎ、ジャン・アルマンタンに現在の状況を伝えることにした。クレールの立場がどんなに不安定で、ブーション氏が執念を燃やして彼女を追求していること、そして最後に、判事が彼女を逮捕するのをできるだけ長く邪魔するために行っている作戦、仮病のことも打ち明けた。

警部が話し終えると、ジャン・アルマンタンはいきなり手を差し出した。

「あなたに心からのお礼を言います」と彼は言った。「そして、先ほどの非礼をお許しください。しかし、人は自分にとって何がいいことなのかよくわからないことが多くて、そして、友だちと認めるのはそう簡単ではないのがつねですからね。ご安心ください、これから僕は何があってもあなたの味方です」

二人は激しい握手を交わした。

「ブーション氏には、もちろん、これらのことはひと言も！」とマレイズは叫んだ。「もし彼に、あなたがいまクレールの夫だということがわかれば、彼のこと、あなたはお金のために彼女と結婚したと思うでしょう……。また、こっそり結婚したのもほかならぬ目的があり、ド・シャンクレイ氏から恨みを買うのを避け、相続権を破棄されないためだったと思うでしょう……。彼でなくとも、検察官なら誰でもそう思うでしょう……。あなたたちの無実を確信しているのは私だけに違いない」

最後の言葉に感じられた無邪気なうぬぼれに、ジャン・アルマンタンは笑ってしまった。

突然、警部が動揺した。階段を降りるブーション氏の足音が聞こえたのだ。

「急いで」と彼は言った。「逃げるんだ！　君がここにいるのが判事にわかったら、尋問される……。それをさせてはいけない──まだだ……。さあ、早く行って！」

「しかし……」とジャンは口ごもって言った。「クレール……、こんなふうにクレールを置いていくことなんかできません……」

「これは置いていくんじゃない」とマレイズはひそひそ声で言った。「私はこれまで彼女を見守っていた……これからも見守りつづける……。彼女には私が君と会ったことをちゃんと伝えるから、私を信頼していい。君が大変に元気で、彼女を愛しているともね……」

「それも熱烈に！」とジャンは言った。

ブーション氏の足音が近づいてきた。

「その通り、熱烈に……。しかし、後生だから、逃げてくれ！」

「はい、わかりました」とジャンは言ってドアまで行った。「でも、また来ます……明日！……」

マレイズには反論する時間がなかった、というのも、判事が玄関ホールにあらわれて、アルマンタンは大急ぎで去ったからだった。

「やあやあ！　どうでしたか？」とマレイズは判事に聞いた。

「したたかな娘だ」とブーション氏は沈んだ声で言った。「どうもこうも、私はどうやら、ああ、信じてしまいそうだ……彼女の病気は深刻で、感染症かも……」

「えっ、なんと！」と警部は言った。「あなたも身体の具合が悪いのですか？」

「まあ、まあ、落ち着いて」と判事は叫んだ。「まだそこまでは！　まだそこまでは！」

「それはよかったです」とマレイズは小声で言った。「しかし、何度でも言いますが、くれぐれも慎重にしてくださいよ、判事……。事件はすべてあなたにかかっているのをお忘れなく」

「よくわかっている」とブーション氏は物思わしげにつぶやいた。「私は危険を恐れるタイプではないんだが、しかし、これからは自分で……用心するようにするよ……。彼女はチフスにかかったようだと言っている……」

「そうでしょう」と警部は叫んだ。「そう聞いても私は驚きません。この病気の症状には特徴がありますからね。身体は大事にしないといけません、判事……。明日は、私がクレール・ド・シャンクレイさんの尋問をしましょう」

明らかに、判事は部下の親切な言葉に即座に感謝の念を抱いたようだった。そして間違いなく、大部分はその言葉のおかげで、彼は夕食の食卓についたときすっかり食欲を取り戻していた。

夕食は昼食時の賑やかさからはほど遠いものだった。マレイズはそのときよりもっと喋らず、ブーション氏の口数も少なかった。

コーヒーを飲み終えると、二人は習慣のように玄関ホールに行って落ち着いた。警部はウォルテルがまだあらわれないので少し苛ついていた。

誰かがドアを叩いたので、彼はウォルテルだと思った。

「旦那」と言って、猟場番人のピエールが入ってきてマレイズに話しかけた。「電報配達人が村から自転車でやって来て、あんたにこれをと渡されやした」

《これ》とは、前日に頼んでおいたジェローム・レイモンに関する情報だった。

電報に目を通したマレイズは、すっかり元気づいた。出だしが非常に悪かったこの日、なんだかだいっても終わりはよしだった。なぜなら、ジャン・アルマンタンは嘘をつくのを諦め、クレールによって提供された二つ目の手がかりは、赤狼の手がかりとは逆に、急転直下解決に導いてくれそうだった。

ブーション氏はもちろん、いまもたらされたニュースで警部がいたく満足しているのを見て、彼に聞かずにいられなかった。しかしマレイズはまったく個人的なことだと言い放ち、判事は不満そうに肘掛け椅子に身を沈めた。

玄関ホールの時計が十時を知らせ、次いで十一時も知らせたが、二人は黙りこくったまま、一ミリたりとも動かなかった。ブーション氏は眠っていた。マレイズはと言えば、その日に得た情報について考えていた。彼は同時に、ウォルテルが帰ってきて、エルヴィール・ド・シャンクレイについて話してくれるのを期待していた。最後に、前夜の不思議な出来事を忘れていなかった彼は、用心のために夜が明けるまで部屋には戻らないほうがいいだろうと思っていた。

ちょうど十一時三十五分になったとき、石段で異様な音がした。そして、玄関のドアが静かに開けられた……。

その夜、満月だった月の光でマレイズに見えたのは、鉄砲を手にした猟場番人だった。

指を唇に当てて、ピエールは忍び足で警部に近づいた。彼はマレイズのほうに身をかがめ、ひそひそ声で言った。

「旦那、男が二人、二階の窓から城に入り込みやした。正面に梯子をかけてやした……。ひとりは髭づらで、もうひとりは、言ってみりゃあ片目の男で……」

XV　片目の男

猟場番人が話し終わらないうちに、エイメ・マレイズは椅子から飛び上がっていた。彼はポケットに手を突っ込み、ブローニングを取り出した。

「聞きたまえ」と彼は言った。「ピエール、すぐに梯子の下に行って見張ってくれ。私は、中から奴らを不意打ちすることにする……。いずれにしろ、奴らを逃してはいけない！」

「お任せください、旦那」とピエールは答えた。

そして急いでドアに向かった。

警部は彼のあとを追った。

「へい！　もうひと言！　……。奴らを鉄砲で脅すのはいっこうかまわないが、しかし引き金を引いてはいけない……。引くな、わかったな！」

猟場番人は少し悔しそうな表情をしたが、しかし、うなずいた。

「わかったら、早く行くんだ！」とマレイズは言った。

そして彼自身は、足音を立てないように注意して階段を上った。

しかし、五段も上らないうちに、椅子で眠っていたはずのブーション氏が動き、子どものようなため息をついて、拳で目をこすり、まわりを見渡して大声で叫んだ。

「警部、どこにいるんだ？」

マレイズは罵声を浴びせたいのをこらえ、小声で言った。

「ここです……。お願いですから、声を立てないでください」

「な……なぜだ？」と判事は聞きながらマレイズのところに来た。

「なぜなら」とマレイズは厳しい口調で言った。「不審者が二人、二階の窓から城に侵入したところで、私は奴らの鼻先にこのブローニングを突きつけに行くんです」

「そ……そんなことが、まさか！」とブーション氏は震え声でつぶやいた。

「いや、本当です」とマレイズはぶつぶつ言った。「さあ、そこをどいてください……一分も無駄にできない」

判事は真っ暗闇の玄関ホールに恐怖におののいた視線を投げかけた。彼は一瞬、自分のやるべきことは……ここにいることか、それとも部下についていくことか、ためらった。

「私の前を行ってくれ」と彼はついに言った。「警部、君についていく……。さっきも言ったように、私は……私は危険を恐れない……」

「そうですか」とマレイズは言って、再び階段を上りだした。「しかし、もし不都合がなければ、私の上着を放してくださると……」

五分後、二人は踊り場にたどり着いた。その階にはかつて、ド・シャンクレイ氏と彼の家政婦の部屋があったはずだ。後者の部屋の中で、マレイズはささやく声がかすかにしたのに気づいた……。

彼はドアに近づいて耳を当て、男のひとりがののしり言葉を吐きまくっているのを聞いた。

それから声がこう言った。

「仕方がねえ、おまえの懐中電灯をつけろ……。こう暗くっちゃあ何も見えねえ……」

警部はさらに前かがみになり、鍵穴に目を押し当てた。パッと明るい光線が暗闇を裂き、彼は二人の夜の訪問者を見た。懐中電灯を持った男は黒く短い大ヒゲをはやし、よれよれのフェルト帽をかぶっていた。もうひとりは、相棒より頭一つ背が高く、片目だった。

「おいおい、そんなことは危ないぜ……」と黒ヒゲの不審者が言い始めた。

しかし、片目の男がさえぎった。

「俺は気にしないさ。言っただろ、あの女を見つけないことにゃ、夜も明けねえって！」

マレイズは物が乱暴にひっくり返る音や、ベッドを足で蹴りつける音まで聞いた。

それから片目の男が命令した。

「開けろ。あいつはここにはおらん。部屋を変えやがったな。ほかを見るんだ……」

「けど……」

「おい！　なんだ、おまえがそんなに怖がっているんなら、勝手に出て行け……嫌だったらな、開けろと言っただろ！」

黒ヒゲの男はドアの掛け金に手をかけた。

「明かりを消すんだ」

彼は懐中電灯を消し、ドアを手前に引いた。

「まったく！」と片目の男が怒って言った。「いったいなにやってんだ？……」

その瞬間、部屋中が明るくなり、入り口には左手でスイッチを押し、右手でブローニングを握りしめて立つマレイズがいた。

「そこを動くな！」と彼はさりげなくかっこをつけて言った。「これから写真を撮らせてもらう……」

しかし、黒ヒゲの男は最初の動揺が過ぎると、落ち着きを取り戻した。見事な膝の一撃でマレイズの手から拳銃を突き飛ばしたと思うと、窓を飛び越えて消えてしまった。

《俺は三重のバカ者だ！》と警部は思った。《ピエールに梯子を外させておくべきだった》

そのピエールは、男が梯子の上にあらわれたのを見て、銃を肩にかけた。

「そこにいろ！」と彼は叫んだ。「さもなくば撃つぞ！　おまえは言ってみりゃあ死んだも同然……」

ああ、なんたること！　この脅しで不審者は止まるどころか、加速をつけて梯子を降り、六段目の格子で振り向くと、猟場番人の肩に器用に飛びかかり、番人は相手を引きずって地面を転がった。

このとき、片目の男が窓にあらわれて窓枠をまたぎ、一分後には地面で絡み合うピエールと彼の相棒を跳びこえ、一目散に芝生を横切って行った……。

拳骨でマレイズをベッドの足元に叩きのめしたのは、名うての力持ちだった。しかし、警部の意識はそれほど長く朦朧としていなかった。ちょうどブーション氏が彼に近づいて、憐れみの表情で次のように問いかけたときまでだった。

「あのう、奴はあなたに相当痛いことをしたのですか、警部?」

マレイズは何も答えない代わりに、ぱっと立ち上がって判事の腕をつかみ、激しく引っぱった勢いで立ちあがった。そしてブーション氏は、さっきまで部下が横たわっていた場所に優雅に身を置くことになった。

そのマレイズが窓のところに行くと、ちょうど片目の男が芝生を横切るのが見えた。彼は窓枠をまたぎ、梯子を駆け下りて、猟場番人と黒ヒゲの男が地面で闘っているのには目もくれず、逃走者を追いかけて突進した。

逃走者はあっという間に庭園の鉄格子の門に近づいた。その門は彼と相棒が敷地に侵入したあと、念のために半開きにしてあった……。いっぽうマレイズは、歩くのも苦手なら走るのもダメで、思いがけない幸運でもない限り、不審者は五分後には彼を振り切ってしまうのがわかった。

鉄格子の門に着くと片目の男は振り返り、そしてマレイズは、息を切らして、彼があざ笑うのをはっきり見た。

しかし、この笑いは呪いで終わった。

低い茂みから、黒い影が逃走者の脚をめがけて転がり出て、そのバランスを崩させた……。彼が再び起き上がったとき、手首には手錠があった。

マレイズが駆けつけた。

「でかしたぞ、ウォルテル！」と彼は叫んだ。「これは最高の手柄の一つだよ、君！」

「それほどでもありませんよ、ボス」とウォルテルは答えた。「一時間前からこの花壇に隠れていたんです。ちょうど城に帰ろうとしているときに、こやつと相棒を見かけまして、……。私がすぐに思ったのは、あなたがこやつらを痛い目にあわせるだろうということでしたが、しかしそうでない場合、私はここにいたほうがいいだろうと……。もうひとりのほうは追いつめましたか？」

「行ってみてくれ」とマレイズは言った。「私はやつをピエールに任せておいた。走っていってくれ……。こやつは私が城に連れていく」

十五分後、それなりに体裁をつくり、得々としているブーション氏と、エイメ・マレイズ、ウォルテル、そして片目の男が玄関ホールに集まっていた。猟場番人は大奮闘したにもかかわらず、黒ヒゲの男が逃げるのを止めることができなかった。

「あなたは何者だ？」とブーション氏は不審者に聞いた。

その男が黙っていたので、彼は威張ってつけ加えた。

「私は判事で……」

マレイズがさえぎった。

「もしよろしければ」と彼は言った。「私から尋問したいと思うのですが、判事……。私は彼に関してあなたの知らない情報を持っていると思います」

「やりたまえ、やりたまえ！」とブーション氏は言った。

警部は囚われ者のほうに身をかがめた。その取りつくしまもない表情からは、これからどんな質問をされても無言を貫く意図が読み取れた。

「たぶん、あなたは知らないのだろう？ ……」とマレイズが切り出した。「なんとあなたは、数日前、二人の人物が毒殺されたばかりの家に忍び込んだ……」

片目の男の表情に深い驚きがあらわれた。それから彼がつぶやいた。

「もしやそれは……ド・シャンクレイさん、ですか？」

「そうです」と警部は答えた。「そして彼の家政婦と」

この言葉に不審者が身を起こした。目がうろたえた様子になった。彼は震える声で聞いた。

「それは……それは、あんたが話しているのはレイモン夫人のことかな？」

「そうです。どうかしましたか？」

「俺はジェローム・レイモンだ」と男が答えた。

そして、彼はどさっと肘掛け椅子に崩れ込んだ。

マレイズが待っていたのはこの答えだった。それだから、何を差し置いても、彼が何をしに城へ来たのか聞くのさえ後回しにして、まず最初に家政婦の死を伝えたのだった。いまとなれば、この男は当然、喜劇を演じていたことになり、そして、彼の妻が殺された情報を詳しく知ることになるのだった。

「あなたは十月八日の朝、刑務所を出た」と警部は静かに言った。「ド・シャンクレイ氏とレイモン夫人が毒殺されたのは、同じ八日の正午頃……。とにかくあなたには、この二つの犯罪を犯す可能性があったと、私は考えています」

ここでマレイズは驚いた。というのも、片目の男はこの仮定に対して何の怒りもあらわさなかったからだった。

少しして、片目の男は首を振った。

「俺にはよくわからん」と彼は言った。「あんたは事件の正確な状況を俺に知らせないようにしているんと違いますか？」

それもまた策略だったのだが、しかしマレイズは、ブーション氏が椅子で何かわめいているのを無視して、囚われ者の望みに従って事件のいきさつを話すことにした。

「いやはや！」と、男は警部が話し終えたときに言った。「なら、次は俺が、今夜、城へ何をしに来たかを言いやしょう……。じつは俺は妻の首を締めるために来た」

彼は聞き手たちが驚きの表情をあらわしたのを見て、大いに満足した。それから彼は続けた。

「あいつは悪魔だった！　……。俺はあいつのおかげで五年間も刑務所だ、五年間、言いようのない苦しみを味わった、なぜなら、俺はあいつを愛していたからだ、くそ女め！」

そう言って彼は、水泳で飛び込む前のように空気をがぶりと吸い込んだ。

「以前は、いいかね、俺がここの猟場番人だった……。俺はその二年前にガブリエルと結婚していて、あいつを愛していた、そう……いまもまだ愛しているようにな。ある日、あいつは俺にド・シャンクレイさんが金持ちで、金庫に宝飾や貴重品をしまい込んでいるという話をした……。そしてそのあと、俺にそれを盗むようにと駆り立てた……。そうすれば小さな家が買えて、幸せになれるとな……。俺は最初は拒んでいた、あいつは変な奴だと思って、性根の悪さを信じないようにしていた……。するとあいつは俺と話さなくなって、そのときから、俺を疫病神のように忌み嫌うようになった……。それは三カ月続き、結局、俺は負けてしまった……。ある夜、俺は老人の書斎に忍び込んだ。必要な道具は全部持っていた。運の悪いことに、俺は音を立ててしまった……。ド・シャンクレイさんが目を覚まして、現場で俺をおさえた……。ド・シャンクレイさんは警告を発する代わりに、俺が取った物を金庫に戻し、翌日に城を出て行けば警察には知らせないと、静かに言った……。しかし旦那、俺は取りつかれていた！　……。ガブリエルが前に立ちはだかって、俺の失敗をとがめ、臆病者だと罵るのが想像できた……。それでド・シャンクレイさんが後ろを向いたとき、俺は金庫を開けるために持ってきたテコを彼に向かって投げた……。老人は倒れた……。運のいいことに、俺の狙いが悪かったのと、最後の瞬間にある力が俺を踏みとどまらせて、間に合わせの武器をそう力を入れずに投げた……。それでも、ド・シャンクレイさんは一カ月はベッドにふせっていた。俺は五年の刑を言い渡された……」

「そしてあなたの妻は？」とマレイズが聞いた。

「裁判官の前では、違う話になった……。あのくそ女は、俺を引き止めるために精一杯やったと言いやがり、加えて、もし俺がそんな縁起でもないことをするのがわかっていたら、ド・シャンクレイさんに知らせただろうと言った。《私にどうしろとおっしゃるのですか？　とあいつは最後に言った。夫のように性根の悪い人間には、何もできません》。俺はあいつを殺してやりたかった！　俺はあいつを罵り、二人の警官にはさまれて誓った、あいつを殺してやるとな……。まあ、だいたいこんなところでっさ、俺は、刑が重すぎたと思っている……、だってさ、結局、俺は何も盗まなかった……。ご主人が絨毯の上に倒れて、額から血が出ているのを見たとたん、しゅんとなってしまったんだ……。裁判官と同じように、ガブリエルは悪魔と結婚した聖女だと思い込んだド・シャンクレイさんは、あいつをそばに置いた……。さあてと、もしあいつがこのように死んでいなかったら、老人を殺したのはあいつだと言ってもいいですぜ！　……」

彼は下を向いてつけ加えた。

「そりゃあ、いろいろ思うところはあるさ、もちろん、しかし、俺はあいつが死んでまあよかったと思っている……。本当によかったさ……。俺はあいつの首を締めに来たんでっせ？　でもな！　たぶん、もしあいつが俺を見て微笑んで、昔のように俺の額に手を当ててくれたら……、たぶん、俺はあいつのなにもかも許していたさ！　……」

長く、重い沈黙が漂った。

マレイズは、レイモン夫人が夫についてクレールに言ったことを考えていた……。《独房の壁に囲まれていると、妄想がふくらむものです。ジェロームはとくにそう。彼の激しい嫉妬心に私はいつも苦しめられていました。夫はいまのところ、あらゆる罪を私のせいにして、私を責めているのだと思います。……夫がろくでなしなのはわかっております、でも……私は愛しているのです》

どこが欺瞞で、嘘だったのだろうか？

「相棒は誰ですか？」と警部は聞いた。

「俺とおんなじ、元受刑者だ。刑務所で知り合った。俺は相棒が、妻に用心するよう警告するために、城に何度も来たんじゃねえかと勘ぐっている」

「そうだ」とマレイズは言った。「そうしていた」

というのも、レイモンの共犯者は疑いもなく、クレールが家政婦と話しているのを見た男だった。その夜、自分の部屋の窓から、猟場番人と不審者が取っ組み合いをしているのを目撃していたクレールも、あとで警部の推測を裏づけてくれた。

「もちろん」と警部は聞いた。「あなたはド・シャンクレイ氏とあなたの妻を恨んでいる者など知らないですよね？　誰が二人を毒殺したのか、思い当たる節はありますか？」

「いや、ない」とジェローム・レイモンは考え込みながら答えた。「俺は何にも情報を持っていない……。俺をどうしようというんですかい？」

そこでブーション氏が身を起こし、精一杯雄弁をふるった。彼は罪状を一つ一つ列挙して、レイモンなる者が夜間の侵入により警察の規則に、少なくとも六つ違反したことを立証した。判事は明らかに、二人の不審者によって恐怖心を抱かされたことが許せなかったのだ。彼は非難し終えると、ウォルテルに翌日の朝一番に、レイモンをX……村まで護送し、地元の警官に引き渡すように命令した。あとは……。あとはうまくやってくれるだろう。

「それで、それまではなにを、判事？」とウォルテルが聞いた。

「それまでは」とブーション氏が答えた。「君がこのホールに容疑者と残る……。そして、よく見張ってくれたまえ。君なりにやってくれ、任せる……。そこでだね、私は寝ることにする……。

今日は私も大変だったから、寝させてもらってもよさそうだ……」

この言葉には、もちろん誰も異議をはさまなかった。マレイズ、ウォルテル、そしてジェローム・レイモンさえも、判事が休んでいいのは当然だと考えていた——、そのほうが彼らにとっていいのはもちろんだった。

判事が自分の部屋に行くやいなや、マレイズはウォルテルを脇に連れていった。

「ところでエルヴィール・ド・シャンクレイは？」と彼は聞いた。「調査はうまくいったのか？」

「こういうことです」とウォルテルは答えた。「エルヴィールは現在レヌー夫人になっています。彼女の夫は、二年前からですが、軍を退官して、夫婦でリシュリュー通り二二番地にモードの店を開きました」

「君は二人に会ったのかね？　二人と話したのか？」

ウォルテルは頭を振って否定した。

「なぜなんだ？」とマレイズは叫んだ。「君はそうすべきだったのに……」

「二人は急にいなくなっていました」とウォルテルは落ち着いて言った。「店を人に渡して——一財産つくったんでしょう——、住所を残さずにどこかへ行ってしまいました」

「どういうことだ？」

「これから話しますよ、ボス。私は新しい経営者の女性と会いました。なんていったらいいか、とても感じのいい女性で……。彼女によると、レヌー夫妻は急にアメリカへ行ったのではないかということでした」

マレイズはあらゆる限りの雑言を吐いた。犯人であるにしろないにしろ、エルヴィール・ド・シャンクレイは、たぶんもう、手の届かないところにいる……。

「もちろん」とウォルテルは話を続けた。「私は国家治安警察に行きました。そこで調査してくれるのですが、しかし、私はあまり期待していません……」

二人の男は長いあいだ黙りこくっていた。マレイズは怒りっぽくなっているのを感じていた。この三つの手がかりを、昨日はまだ、光へ導いてくれると期待していた……。

「おやすみ」と彼は突然言った。「君をひとりにして見張らせておくのは心苦しいが、しかし、私はへとへとだ。寝ることにする。借りは返す」

「おやすみなさい、ボス」とウォルテルが答えた。「今日はいろいろありましたが、ちゃんと寝てくださいよ……」

マレイズが階段をすでに五段上ったとき、誰かに呼び止められた。

「なにか?」と彼は言った。

「俺はどうしてもあんたに言いたいことが……」とジェローム・レイモンがためらいがちな声で言った。「いや、ほんのひと言だけなんで……」

警部は容疑者に近づいた。

「聞きましょう」と彼は言った。

「あのー、あんたにはもう会えないと思うんでさ、警部さん……。俺はたぶん、二、三カ月の刑に服すことになるやしょう——判事さんが特別扱いをしてくれなければ、俺の刑はその二倍、三倍、いやもっといったかもしれん……。いずれにしろ、この城の事件では……俺からは何も新しいことは引きだせませんぜ。そこで、あんたのために、俺は……」

そこで彼は止まった。

「あなたは何を言いたいのかね？」とマレイズが言った。「私に何か秘密を打ち明けたいのかな？」

「いや、そんなこっちゃない……。俺はただ……」

ジェローム・レイモンは真っすぐ警部の目を見つめ、重々しい口調で言った。

「……言いたいのは、俺は……神の前であんたに誓って、全部、俺は本当のことを言った、全部本当でっせ！」

彼は哀願した。

「俺を信じてくれますかい？」

「ああ、信じる」とマレイズは言った。「おやすみ」

そして急いで階段を上りながら彼は、みんなを信じるせいで、捜査が初日より後退していることを怒りを交えて認めていた。

XVI　マレイズと私

マレイズはそこで話すのをやめた。私をしばらく見つめ、そして言った。

「当然のことですが、君はこの場所の知識がないので、私の話にそれほどついてこられない。その上で、君は自分のなかで、トランブル城の住人のうちで好意を持てる人物とそうでない人物をつくりあげています。まあ、私が悪い見本を示しているとはいえ、いいですか、そういうことをすると君を非難せざるを得ませんね……。私としては、君が誰を疑っているか興味があります……」

「ここまでであなたは少なくとも、登場人物を全員、紹介してくださったのですね？」

「そう全員……ひとりを除いてね」

「そんなむごいことを言わないでくださいよ」と私は言った。「その人物を知らないで、私に推測させるなんて」

「まあ、お好きなように」とマレイズは答えた。

このとき、彼は私をからかっていたように見えた。悔しくなった私は、思わず叫んでしまった。

「ならば、でまかせで告発するわけではありませんが、私にだって意地はある。あくまでも私の意見ですが、少なくとも犯人ではない人物を挙げることはできます……」

「ほお！　では言ってください」とマレイズはパイプにタバコを詰めながら言った。

「犯人と考えられないのは」と私は始めた。「クレール・ド・シャンクレイと、ジャン・アルマンタンですか」

「本当にそう思いますか？　まあ、考えられるかも？」

「あなたが無理やり二人を私の小説の主人公にしようとしているのは別にして、彼らは感じが良すぎます」

「まあまあ」とマレイズは口をはさんだ。「私が話しているのは殺人事件ですよ、君……。小説ではないんです！　もしジャンに恋人がいて、クレールと結婚するのはお金のためだったら、君はなんて言いますか？　そして、もしクレールが君の考えているように純粋な女性ではなく、とんでもない策略家だったら？」

「では小説家としてお答えしますが」と私は言った。「そういう状態だったら、私の小説は成り立ちません……そして、あなたも私に話さなかった、ね？　というのも、あなたは私の仕事をよくわきまえているからです」

マレイズは肩をすくめた。

「では、ほかに無実な人物は？」と彼は聞いた。「君が確信しているのは？　そしてその理由は？」

「マティアスと赤狼で、理由はそれぞれアリバイがあるからです」

マレイズは微笑んだ。

「このアリバイは何も証明されていません、とくに後者のはね」

それでも私はおじけずに続けた。

「それとジェローム・レイモンもそうですね……。彼は神かけてあなたに誓った……」

「人は一日に五万と嘘の誓いをする」と警部は言った。「続けてください」

「それだけです」と私は断言した。

「それだけですか?」とマレイズは驚いた。「猟場番人のピエールはどうですか?」

「彼は、私はどうも信頼できません」

「では美しいエルヴィールは?」

「私はこの女性は嫌いです」

警部は私のほうに身をかがめ、目を細めた。

「君はよく考えましたか?」と彼は聞いた。「ジャン・アルマンタンの場合は? この青年はどこの出身か? ああ! もし彼に恋人がいたら……」

「ジャン・アルマンタンには」と私は叫んだ。「そんな裏切り行為はできっこありません。ジャン・アルマンタンに関してはつべこべ言わないでください!」

「いいですよ」とマレイズは同意した。「しかし、これだけは言っておきたいんだが、ね、君、《君の無実の人たち》のなかで、たちの悪い人物がひとりいます……。で、ド・シャンクレイ氏の指を持っているのは誰だと思いますか?」

「もう十分です」と、私は気分を害して答えた。「あなたの《難問》にはもう答えません」

マレイズは大笑いした。

「では、謎めいたことはもう止めよう！」と彼は断言した。「これからはいよいよ、あなたが自分自身で犯人を発見できるよう話を進めます」

「それは有り難い！」と私は叫んだ。「しかしマレイズ、あなたはいつもそういうふうにおっしゃる……」

XVII　消えた駅長

十月十二日

エカシュール夫人が運んできたお盆の上には、コーヒーポットと牛乳の壺、美味しそうなトーストのほかに、マレイズ警部宛ての電報と手紙が乗っていた。

「電報が来たのは一時間前です」と人の良さそうな夫人が言った。「でも、あなたはぐっすり寝ていらして……。私には起こす勇気がなかったものですから……。それに、悪い知らせは早く知らせようとするものですし……」

「しかしエカシュールさん」とマレイズは言い返した。「電報だからといって必ずしも悪い知らせとは……」

「いい知らせはそんなに急ぐ必要はありません！」とエカシュール夫人はドアを閉めながら言い返した。

そして事実、電報は悪い知らせだったのだが、マレイズにはすぐにそれがわからなかった。というのも、電報より手紙の封筒に書かれた文字に注意が行ったからだった。それは大きく、角張った女性の文字だった。
それはエルヴィール・ド・シャンクレイ、現在はエルヴィール・レヌーの文字だった。
警部が読んだ手紙は以下の内容だった。

拝啓。私が前夫と彼の家政婦の悲劇的な最期を知ったのは新聞からです。同じく新聞から、二人のミステリアスな死の解明を担当しているらつ腕警部の名前も知りました……。おめでとうございます！　あなたはほとんど時間をかけずに私を疑われました。私がそれを知ったのは、昨夜、幸運が微笑んでくれたパリの店へ行き、私が経営を人に託したあとも引き続き雇われている、誠実な友人たちと最後のお別れをしたときです。

そのとき、あなたが私を追跡するために同僚をひとり派遣されたことも知りました。私が住所も残さず、アメリカへ渡ったことを知って、あなたはどう思われるか……。それを考えるだけで、私の手は震えます！

もし私がほんの少しでも意地悪で、そして少しでも根に持つ性格なら、あなたを疑わせたままにして眠られないようにするでしょう……。しかしそれより私は、あなたは私に犯人扱いしたことを謝罪すべき立場にいらっしゃると思います――ただし、私はあと一時間でパリを離れますので、謝罪を受け入れるのは物理的に難しいのですが……。

この十月八日、これはすぐにご承知おきください、私は《盛大なピクニック》をしておりました。一緒にいたのは私の夫と、ギィユプレ夫妻です。ちなみに夫妻はシャトゥー＝クロワシィのジュル＝ラクロワ通り三番地に住んでいます。
時間がなくて、ピクニックの場所や、行き方、時間などの状況は詳しくお伝えできません
――しかし、ギュプレ夫妻に手紙を書いてください。夫妻は喜んで教えてくれるでしょうし、同時に、私の……無実を証明してくれるでしょう！
エルヴィール・レヌー

エイメ・マレイズ警部はここ四日間、何度となく雑言を吐いてきた――しかし、この手紙を読み終わったあとの一連の罵言とは比べようがなかった。彼は椅子をひっくり返して立ち上がり、ポケットに手を突っ込んで、部屋を大股で歩き出した……のだが、途中でふと、まだ開けていない電報の淡いブルーの紙が目に入った。

彼は慎重に電報に近づき、しばらくじっと見つめてからおもむろに帯封を切ったのだが、それでも大惨事は起きた。

電報の発信欄にはブリュッセル警察署長トレピエの名があり、文面は以下のようだった。

一切を中断して戻ってくるように。ぜひとも貴殿の力が必要。緊急事件。着いたら電話。

脚から力が抜けた警部はベッドの上に倒れ込んだ。彼は打ちのめされていた、文字通り、打

ちのめされていた。最後の手がかりが行き詰まったそのときに、緊急の呼び出しを受けた彼は、ド・シャンクレイ氏と彼の家政婦の死の謎を明らかにするかすかな希望まで取り除かれたのだ。

何たること！　トレピエ署長の命令は議論の余地がなかった。署長に呼ばれたら、マレイズは行かなければならなかった。

しかも即刻だ。

こうして彼は一分たりとも無駄にせず、怒り狂って、持ってきた物をスーツケースに詰め込んだ。彼の悔しさは極限に達していた。苦境に追い込まれたうえ、雪辱の手段をすべて奪われたのだった。

ああ！　こうなったら、ブーション氏が大いに楽しめるのは確実だった。彼が望めば、クレールを逮捕することもできるのだ。そしてジャン・アルマンタンも逮捕だ。彼がそうしたいと思うだけで、全員逮捕できるようになるのだった。これは大惨事だ！　……。

大惨事の混乱ぶりを心に描いたとき、警部の口元にかすかな笑みが浮かんだ。しかし、マレイズはエゴイストではなかった。その笑みは一瞬のものだった。彼はクレールの痛ましい姿を想像し、深い悲しみに包まれた……。危険が迫っている彼女を、これからどう救ったらいいのだろう？

警部はスーツケースを閉めた。それから窓に近づき、額をガラスに押し当てた。太陽の淡い光に紅葉の赤褐色が赤みを増していた。

このような天気のときに、真実を追求して働いたら、どんなに気持ちのいいことか！

しかし、捜査を続けるといってもどのように？　赤狼とエルヴィールにはアリバイがあった。

ジェローム・レイモンも本当のことを言ったのは確かだった。そして、ほかの手がかりはいっさい何もなかった……。

マレイズはうなだれた。彼の出発は退却、ほとんど逃亡だった。彼は手痛い敗北を喫したのだった。彼はブーション氏より劣っていたのだ！

スーツケースを手に、玄関ホールに降りた彼は、そこでブーション氏と、ジェローム・レイモンを村へ連れていって帰ってきたばかりのウォルテルと鉢合わせした。

二人とも警部を見て驚きの声をあげた。

「なんですか！　あなたはここを出ていくんですか？」

マレイズは事のいきさつを説明し、ブリュッセルからの電報を見せつけた。ウォルテルの顔はすぐに深い悲しみで曇り、ブーション氏の表情からは秘かな喜びが見てとれた。

「安心して行きたまえ、警部」と判事は言った。「もちろん私は、君の気持ちがわかる。この事件を離れるのは残念だろうが、しかし、少なくとも、あまり気にせずに少し休んでくれ。君はできることはやった……」

「しかし、やるべきことはやっていません、判事殿！」

「任せなさい……。そして、この捜査に関しては私を信じてくれ……。今週末には何か新しい動きがあるだろう、警部！」

「ええ！　確かにそう思います！」とマレイズは答えた。

しかし、「それが私には悲しくてたまらない」とはつけ加えなかった。

「私が君を駅まで送ろう」とブーション氏がまた言った。「ウォルテル、君は私がいないあいだ城の警備に当たってくれますね」

《最後の最後までだ！》とマレイズは考えた。《最後の最後まで、彼は私をひとり静かにさせてくれない！　……》

そして彼は玄関ホールの肘掛け椅子に――おそらく最後に――腕を伸ばしたまま倒れ込んだ。彼はクレールに最後の別れの挨拶をしに行きたかったのだが、しかしその勇気がなく、それよりなにより、いろいろと質問されるのが怖かった。

ブーション氏が部屋から降りてくるまで十五分もかかった。それだけではない。彼は見事な仕立ての枯葉色のオーバーコートに着替え、その色によく合った柔らかなフェルト帽をかぶっていた。

ウォルテルと握手を交わしたあと、マレイズは車庫からメルロ医師の車を出し、石段の前につけた。そしてスーツケースを自分の横に置き、判事を手招きして中に座らせた。

そのとき、城の三階の窓が一つ開き、若い女性の声が叫んだ。

「待ってください、警部！　私も一緒に行きます！」

それから窓が閉まった。

真っ青になったマレイズがブーション氏のほうに振り向くと、彼は真っ赤になっていた。

「どういうことだ！」最初の驚愕が過ぎると、判事は引きつったように笑った。昨日までチフスにかかったと心配していた人物、クレール・ド・シャンクレイは元気そうではないか！

警部は返事をしなかった。ハンドルを握る彼の手は震えていた。クレールが判事の心のなかで決定的に立場を失った瞬間だった。

そのとき、彼女が石段にあらわれ、勢いよく車に乗った。

「おはようございます！　みなさん！」と彼女は元気よく言った。「少し驚かせてしまったかしら？　……。でも、私、今朝はとても気分がよくて、お天気もとってもいいし……」

「ええ、ええ」とブーション氏は言った。「それなら、私たちも今日の午後はまた少し尋問ができますね……」

最後の言葉を言う彼の声は驚くほど威嚇的だった。彼はオーバーコートの折り目をぎゅっと自分のまわりに集め——彼個人が侮辱されたように——、車の奥に身を沈めた。横にはマレイズがクレールを座れるように急いで移動したスーツケースがあった。

車が庭園の鉄格子の門を越えるや、マレイズは病状について聞いた。

「なぜこんな無茶をするんですか、奥さん？」

クレールは目を大きく見開いた。

「奥さん？　……」

「ええ、知っています……。しかし、残念なことに時間がなくて、どうして知っているかは言えません……。なぜベッドから出てきたのですか？　……。私たちは了解していたはず……」

「だって、あなたが行ってしまわれるからです！」とクレールは答えた。

「誰が言ったのですか？　……」

「エカシュール夫人です。あなたがスーツケースを持って玄関ホールにいらっしゃるのを見て、すぐに私に知らせ、そして私は、すぐに服を着たというわけです」

「あなたはとんでもないバカなことをしてくれた！」とマレイズは乱暴に言った。「これでも私はできるだけ早く戻ってきて、この番犬のブーションから放してあげようという希望を持っていたんですよ……。こうなったいま……いま、あなたは無防備に彼の手に委ねられる！」

「まあ！　確かにそうですけれど、でも仕方がないわ！」とクレールは巻き毛を揺らして答えた。「私、感染症の真似をするのにうんざりしているの。ベッドにじっとしているのにもうんざりです。なにもかもうんざり、うんざり！　……。お天気はいいし、私は若いし、理想的な夫がいるのに、私のせいで犯罪人のように隠れていなければならないなんて……。あなたは彼に会ったのですね？　元気でしたか？　何て言っていました？　なにか……」

夢中になって聞くクレールの好奇心を満たすには、城から駅までの時間で足りるはずがなかった。

「私、あなたと一緒にプラットホームまで行きます」。警部がブーション氏とお愛想に握手しているあいだに、クレール・ド・シャンクレイは決心した。

そしてこの小さな出来事のおかげで――一見、何の意味もないのに――、クレールは逮捕寸前の状態から解放され、しかもその夜から、夫と一緒に影一つない幸せを味わうことになるのだった。別の言葉で言うと、この小さな出来事のおかげで、トランブル城事件はその二時間後に解決することになるのだった。

クレールが叫んだのは、マレイズがすでにコンパートメントで場所を取っていたときだった。

「私の駅長さんが代わったわ！　……」

《駅長……駅長……》。この言葉が警部の頭のなかで大きくふくらんでいった。いつ、どこで、この駅長の話を聞いたのだろう？　……。

彼は突然、思い出した。ラジュス先生の事務所を出たあと、メルロ医師にバッタリ会ったのをまざまざと思い浮かべた。医師が彼に《笑うに笑えない事件が、警部……。駅長がいなくなったんです！》と言ったことをはっきり思い出した。彼はまた、ブーション氏がマシューという夫人がこの件で彼に会いたがっていたと言って、文句を言っていたのもはっきり思い出した。

ちょうどそのとき、ブーション氏がホームにあらわれた。クレールが警部と同じ車両に乗って、非常に仲よくしているのを見て、急に不安に駆られたのだった。

マレイズが判事に叫んだ。

「判事、まだ覚えていますか？　昨日、あなたのホテルを訪れたというマシューさんという夫人のことですが？」

「もちろんですよ」とブーション氏は警部に近づきながら答えた。

「あれは行方不明になった者の話で……」

マレイズは話を最後まで聞かずに言った。

「この行方不明事件がいつだったか、ご存知ですか？」

「ちょっと待ってくれ……思い出すから待ってくれ」と判事はつぶやいた。

列車のドアがバタンと音を立て、《ご乗車ください！》という大きな声がした。

「急いで！」とマレイズが息をはずませた。

「思い出した！　あれは、あれは……そう、十月八日だった……しかし、あなたは何をしようというんですか？」

警部はスーツケースを持ってコンパートメントから飛び出した。

「何があったのですか？　……。あなたはもう行かないのですか？　……」

「止めました」とマレイズは言った。「もう出発しません……少なくとも、この列車では行きません」

ブーション氏は両手を天に上げた。

「しかし……しかし、なぜですか？　……」

「まさにいま」と警部は答えた。「我われがこの駅長行方不明事件に取りかかるときだからです！　……」

一瞬、部下の気が狂ったと考えた判事は、考えただけでなく、彼に言ってしまった。

「あなたが正しいかもしれません」と警部は考えながら言った。「私が変なのか、あるいは変だったのか……。しかし、はっきりさせるのにぐずぐずしてはおれません……。そのマシューさんという夫人はどこに住んでいますか？」

「ラ・ポスト通り五番地だが」

「行きましょう」と警部は叫んだ。

XVIII　第二の遺言

クレール・アルマンタンとマレイズ警部、ブーション氏はラ・ポスト通り五番地の前で十分近く待ち、警部が四回も呼び鈴にしがみついてようやくマシュー未亡人が家のドアを開けてくれた。

マシュー夫人は非常に美しく、赤い頬をした豊満なタイプの女性で、小柄な体格の男なら全員が憧れる女性のひとりだった。しかしそんじょそこらのおばさんと違うのは、その澄み切った表情と、気品に満ちた物腰で、地方劇場の正面を飾るギリシャ神話の女神メルポメネーや、居酒屋の壁に描かれる豊かな夏を象徴するモデルとして、伝統を重んじる画家に選ばれそうなほどだった。そしてそのままの女性だった彼女は判事に強烈な印象を持っていた。

「マシューさん」と判事は言った。「二日前、あなたは私に会って何か話したいと言ってこられたようですが……」

「……私たちの駅長、ヴァドボンクールさんが行方不明になったことです、はい、旦那さま。でも、あなたは私に会う必要はないと判断されました」

「ああ！　マシューさん、なんてことをおっしゃるんですか！」とブーション氏は真っ赤になって抗議の叫びをあげた。「そうではなく、そのとき私は仕事に忙殺されておりまして……」

一瞬の迷いもなく、マレイズは追い込まれた判事の話をさえぎった。

「マシューさん」と彼は言った。「ヴァドボンクール氏の行方不明について、あなたがご存知のことを教えていただきたいのですが。行方不明は今月の八日です、私が間違っていなければ？」

「ええ、間違っていらっしゃいません」とマシュー夫人は答えた。「あの方は——彼女は肩をぞんざいに動かしてブーション氏を指した——旅籠の主人を介して、私に地元の警官に知らせるように言われましたが、私は行きませんでした。それには理由があって、ええ、深刻な理由です……。いまそれをお話しできるのですが、ここではなんなので……どうぞ中へお入りください！」

「もちろん」と、警部は狭い玄関に入るなり聞いた。「あなたはいま駅長がどこにいるか、ご存じないですね？」

「それが！　知っているのです」とマシュー夫人は落ち着いて答えた。「彼はここにいます」

「ここに？　……」

判事と部下の警部は驚いて視線を交わした。

「しかし、ということは……」とマレイズは叫んだ。「もし彼がここにいるのなら、行方不明ではない！」

「そうです」とマシュー夫人は同調した。「彼は行方不明ではありません」

「あのー……あのー、彼は自分の意志でここにいるのですか？」とブーション氏が聞いた。

マシュー夫人はさげすむように判事をじろじろ見た。

「もちろんです。あなたは私が軟禁しているとでもお考えなのですか?」

「いえ、そんな」と判事はおびえて言った。「そんなことは考えていません! しかし……なぜ彼がここに? なぜ、彼を行方不明と思わせているのですか? 彼は隠れている、そうなのですね? ……あるいは、彼は何か悪いことをして、恐れているのですか? ……」

マシュー夫人はバカにしたように判事から離れ、台所のドアを開けた。

「どうぞお入りください、警部さん、お嬢さん……」

彼女はブーション氏の名をあげなかった。

「これからいきさつをお話しします……」

台所は艶消しの白壁に赤い銅の洗い桶が淡く輝き、高い暖炉の影で竈がごろごろ音を立てていた。それらの間に全員が落ち着いたとき、マシュー夫人はしばらく聞き手の顔を物思わしげに見つめ、それから話しだした……。


十月八日、マシュー夫人が夕食の準備をするために家に帰ったとき、家の菜園の後ろにある小さな窪道で二人の男が言い争っているのを見た。二人とも酒を飲んでいるように見えた。さして気にもとめずに家に入ったマシュー夫人は、寒気が入っていたので、一階と二階の踊り場に行って庭に面した窓を閉めた。そのとき開き戸を押したところで彼女は、菜園を囲む生け垣の上に棒を持った腕が一本突き出ているのを見た。その腕が下に下り、そしてマシュー夫人は苦しげな喘ぎと、身体が地面に落ちる音を聞いた。

彼女はすぐに一階に降り、台所のドアから庭の窪道に出て、木の柵を開けて生け垣に入った。男がひとり、大の字になって横たわっていた。彼女はそれが誰だかすぐにわかり、心臓がいっそう高鳴った……。

というのも、駅長ヴァドボンクールはX……駅に赴任するや、時間を無駄にしていなかった。じつは彼は豊満な胸と気品ある風采のマシュー夫人にぞっこんとなり、彼女を秘かに口説いていたのだった。マシュー夫人のほうも——未亡人でいることが重荷になり始めていた——、駅長の魅力に無関心ではいられず、とくにその一途な気持ちに心を動かされていた。

ビクともしないヴァドボンクールの身体を前に、彼女は別の意味で動揺していた。彼女は身をかがめ、彼の髪が血でべとべとになっているのを確認してゾッとした。

彼女は一瞬、助けを呼ぼうと思ったが、しかし抑えた。彼女の悲鳴を最初に聞くのは間違いなく駅長を襲った人物で、たぶん、まだ近くにいるはずだった。

マシュー夫人は驚くほどたくましかった。彼女の丸まるとした腕はけっこうな重い荷物にも耐え、彼女の崇拝者の何人かもかなわないほどだった。約三十分後、彼女はヴァドボンクールの身体を引っぱったり押したり、持ちあげたりして、彼を自分のベッドに寝かせることに成功した。

それから彼女は何をすべきか考えた。警察に知らせるべきだろうか？　根っからの農婦として警察と名のつくものには嫌悪感を抱いていたうえ、この線で動いても彼女が得することは何もないだろうと思った。駅長が犠牲になった暴行事件について、警察署長にどう説明すればいいのだろう？　襲った人物についてどんな情報を提供できるのだろう？　彼女には何もなかった。というのも、まず、彼女は自分の家の裏で口論していた男たちにほとんど気を留めなかった、そして、彼女が現場に行ったときは、棒を持った男は当然、消えていた。また、ヴァドボンクールは独り身だったから、警察に知らせたら病院へ連れていかれ、どんな治療をされるかは《神のみぞ知る！》いっぽうで彼女だったら……。

彼女はけが人のまわりで忙しく動きながら、傷口を洗い、包帯を巻き、駅長の表情が歪んでいるのにも気づいた。痛々しい顔つきは恐ろしい恐怖を物語っていた。気絶する前に、ヴァドボンクールは何か恐ろしいものを見たに違いなかった……。だとしたら、もし暴漢が、殺したと思っていた彼がまだ生きていることを知ったら、彼が気を失う前に見た恐ろしい光景を明らかにされたくない一心で、どこまで過激な行動に出るだろう？　……。彼を完全に殺そうとするのではないだろうか？　……。

マシュー夫人は、洞察力の鋭い隣人に非難されても、そして、これまで非のうちどころのなかった評判に傷がついてもいい覚悟で、彼女自身でけが人の世話をし、この襲撃については、彼が自分で話せる状態にならない限り誰にもひと言も漏らさない決心をした。そして回復を待ちながら、夜は祖父からもらった背の高い革の肘掛け椅子で過ごした。

しかし、彼女の熱心な介護にもかかわらず、ヴァドボンクールはかたくなに目を閉じたままで、ほとんど切れ目なく哀れっぽい呻き声をあげ、痛みが増しているように呼吸をし、眠りながらうなされて、とぎれとぎれに、一見意味のない言葉を口にしていた……。

それだから、前日、不安のあまり苦しくなったマシュー夫人は判事の泊まっているホテルに行き、面会を頼んだのだった。それが叶わなかったのは、知っての通りである。

＊＊＊

「そしていまは」とクレールが訊いた。「あなたの病人の具合はどうなのですか？」

「私の考えでは」とマシュー夫人は誇らしげに答えた。「危険は脱したと思います。私、心を込めて世話をしましたもの！……。昨夜、彼は私にお礼を言いました、夜はぐっすり眠れたようです。今日の午後は、なんとしてでも起きて、城へ行きたいと言いました……。城へですよ、ちょっとあきれました！……」

「城へ？……。なんのためだろう？」とブーション氏が聞いた。

さらに彼は、未亡人の善意を決定的に失うリスクを顧みず、つけ加えて言ってしまった。

「これは責任重大ですよ、奥さん。あなたがヴァドボンクール氏を自宅で匿《かくま》って、警察に知らせなかったのは危険な行為です」

マシュー夫人はあからさまに肩をすくめ、ブーション氏に対しては最初の質問にしか答えなかった。

「彼が城に行って何をしたかったかですか？……。いいですよ！そのうちわかります、旦那さま……。あなたにお話しします……。昨日の朝、私自身あなたに話そうと思っていたのですから……」

「私に話す？　……。なぜ私にで、警官にではないのだ？　……」

「それは彼に聞いてください。彼はド・シャンクレイ氏と家政婦の死に関することで、知らせなければいけない重大な新事実があると言っていますから」

マシュー夫人の話を聞いていた三人はパッと立ち上がった。

「なーるほど！」とマレイズは勝ち誇ったように言った。「わかりましたか、判事。私はあなたがさっき思っていたように狂って……はいません。そうだったかもしれませんが、いまはもう違います……。ああ！　なんと私は、遺言の読み上げの日に、駅長の行方不明がいつだったのかをメルロ医師に聞かなかった！　……。聞いていたら、すぐに捜査しただろうに！　……」

彼はマシュー夫人のほうを振り向いて言った。

「ここは緊急を要します、奥さん。ヴァドボンクール氏が眠りながらつぶやいていた言葉を思い出して言ってください」

「それは無理です、旦那さま。さっきも言いましたけど、とぎれとぎれで、意味のない言葉でしたから」

「しかし、彼がほかの言葉よりよく繰り返したことはなかったですか？」

「ありましたが。でも……」

「それです！　なんて言っていましたか？　話してください、早く！」

マシュー夫人は首を振って言った。

「もう一度言いますが、意味のない言葉でした。彼はしょっちゅう《……指！　……指……》とつぶやいていました」
「指！」とマレイズはうなり声をあげた。
そして彼はけが人のいる部屋に行く階段を狂ったように、大急ぎで駆け上った。

＊＊＊

「彼が私のテーブルに座ったとき」とヴァドボンクールが枕に肘をついて話しはじめた。「私はすぐに彼の状態は普通ではないと考えました。しかし私は結局のところ、彼のことをよく知らず、その日までも四、五回以上は話しことがありませんでした。彼はすぐに自分と私のために飲み物を注文し、手で頭をかかえて、何か物思いにふけっているようでした。彼と一緒にいるのはあまり私の気に入らなくて、できれば外に放り出したかった。しかし、私は噂で彼が怒りっぽくて執念深いのを知っていたので、彼と《いざこざを起こす》なんてことは思ってもいませんでした。それで私は運が悪いと思いつつも健気に振るまい、彼の心配そうな顔をからかうことにしました。彼は言葉鋭く切り返し、ときどき突然、しゃがれ声で笑っていました。その間じゅうも飲み続け、私にもすすめてコップを飲み干すように言いました。そのときそのカフェにいたのは、彼と私以外は、城の庭師のマティアスと兄のポールで、二人は窓の近くでゲームをしていました。私は酒にけっこう弱く、止めようと思ったときは遅すぎました。すでに人生はばっちりバラ色で、なんでもきれいに見えて、簡単に思え、理性に耳を傾けられる状態ではありませんでした……。二人で会話がはずみ、突然、トランブル城と住人の話になりました。私が城主の名前を言ったとたん、相手の顔が急に厳しくなったのに気づき、と思うと彼は、酔っぱらっている私にさえ聞くに耐えない言葉で城主のことを話しました。それによると、ド・シャンクレイ氏は庶民の飢饉の元凶で、悪い奴で、血も涙もない男でした。こんな話をしているときの彼は驚くほど活気に満ち、目は燃えるように輝いて、私は彼が、積もりに積もった長年の恨みや、凶暴な憎しみを吐き出すことで、一種の慰めを、苦い喜びを感じているのだと思いました。それから彼は脅迫の話にもっていき、近いうちに城主と猟場番人に復讐してやると、神かけて誓っていました。彼の話によると、猟場番人はその前日もまた彼を殺しに来たそうで、それも間違いなく城主の命令に従ったのだと言っていました。彼は興奮して、文字通り泡を吹いていました。私は彼を落ち着かせようとしたのですが、しかし、私の取りなしがかえって彼を苛つかせたのに加え、私も酔っぱらっていて必要な言葉を言える状態ではなかったようで。最後に、彼ははじかれたように立ち上がり、拳でテーブルを叩きつけ《ここにいろ》と私に言いました。《俺はこれからド・シャンクレイにひと言言いに行ってくる。そしてもし奴が、金輪際、奴の敷地での狩猟を俺に認めなかったら……。見てろ！　あんたにも奴がどうなるかわかるだろうさ！　……》。私は酔っていい気分でいたにもかかわらず、この言葉に激しい不安が押し寄せて……。密猟人は、私から見ると、怒りの限界に達している印象でした。私は彼を押しとどめようとしたのですが、しかし彼はカフェのドアを荒れ狂ったようにバタンと閉め、あたふたと行ってしまいました」

「それは何時でしたか？」とマレイズは聞いた。

「正確な時間は言えませんが。しかし、一時間ほど前から雨が降っていたのは確かです。私は勘定を済ませ、その日にまた赤狼に会うとは思いもせず、カフェを出ようとしたところに知り合いが三人入ってきて、私にトランプをしようと言いました。私は受け入れました。不運につきまとわれ、おまけに飲み過ぎで頭が混乱していた私は、七時ちょっと前にテーブルを立ち、居酒屋を出ました。道の角を曲がったところで二人の男と鉢合わせしました。よく見るとそれがひとりで、それも密猟人で、彼も私と同じように足元がふらついていました。彼は数分間、何も言わずに私の横に並んで歩き、それから、この家の裏の窪道に来たとき、手を私の腕に置いて、しゃがれ声で聞きました。《これ、誰から取ってきたと思うかい？　……》。その口調が妙に変だったので、私が最初に見たのは彼の顔でした。それは恐ろしい形相でした。目は逆上し、唇は醜く曲がり、髪はもつれて、理性を失った人間のように見えました……」

「頭がいかれたんだ」とマレイズは言った。「アルコール漬けの気違いだ」

「彼は《これ、誰から取ってきたと思うかい？　……》と繰り返しました。そして私の鼻の下に何か、物のようなものを見せました。それはすぐには信じられないようなもので、皆さん、私はまず自分の感覚を疑い、ゾッとして彼の手を押し戻しました。《こいつぁきれいじゃないかい？》と彼は聞きました。そして実際、彼の茶色の手のなかで輝いている指輪は本当にきれいでした。しかし、私が見たのはそれではなく、それは、宝石の真ん中にあった、一本の……一本の……」

「切られた指、ではないですか？」と警部が言った。「このろくでなしが、斧の一撃で切断したド・シャンクレイ氏の小指です」

つぶやいた。

「そうです、そうです……」と、ヴァドボンクールはそれを思い出してまだぶるぶる震えながら
「こういう私は三重のバカだ！」とマレイズは言った。

三重のバカというのは、読者はたぶん覚えているだろうが、メルロ医師の車を運転して城に向かうとき、警部が愛読した海賊の本から、誰かが《外れたくない》指輪を奪うために城主の小指を切断したのではないかという考えがひらめいたことだった。そしてまた、この指輪と指の話についてこそ、彼が赤狼の小屋を訪ねたときに聞くべきだったこと。そうしたら密猟者は動揺して、もうこれ以上真実を隠しおおせなくなるチャンスが九十八パーセントはあっただろう。

「その指には指輪がついていたのですね？」と警部は聞いた。

「そうです、金で飾ったルビーの指輪です」と駅長は答えた。

そして駅長は彼の冒険の最後をかいつまんで話した……。どのように、取り乱した彼が密猟人と殴り合いの喧嘩になり、棒の一撃で気絶してしまったのか、どのように彼がマシュー夫人の家で意識を取り戻し、そして、どのようにその朝、彼女が彼にド・シャンクレイ氏と家政婦の死について語り、驚くべきことに城主の指が消えていたことを告げたのか。

「私はどうしてもベッドから起きて、皆さんに私の知っていることを伝えたいと思いました」とヴァドボンクールは素直に言った。「しかし彼女が許してくれませんでした」

「大変結構！」とマレイズは言った。「となれば一分たりともおろそかにできません。赤狼を三十分以内に逮捕しなければいけない……」

「用心してください！」と駅長が叫んだ。「ひとりで行ってはいけません、絶対に！　彼はあなたをウサギのように殺します！」

「これは一か八かのチャンスです……」とマレイズは落ち着いて答えた。「しかもすぐに行動しなければいけないチャンスです……。ブーションさん、あなたはここでクレールさんと一緒に私を待っているほうが、たぶんいいですよね？」

「いや、いや、一緒に行きます！」と判事はヒロイズムに駆られて抗議した。「もちろん、君がどうしてもと言うなら、小屋には君ひとりで行ってもいいですが、しかし、私が近くにいるというのも悪くないでしょう……、たとえば木に隠れてとか……」

警部と判事は大急ぎで食堂に降りた。そこではクレールがいまかいまかと二人を待っていた。彼女は二人がこれから出かける目的を知るや、一緒に行きいと必死になって訴えた。判事は落ち着いて、そんな決心をするのはバカげており、か弱くて若い女性が迫りくる闘いに参加しても、邪魔になるだけだと言い返した。彼女が仮病を使ったとき、チフスではないと誰も判断できないほどか弱かったともつけ加えた。それを聞いたクレールは床を六回ほど足で蹴り、この狭くて息の詰まりそうな食堂にこれ以上いなさいと言うなら、彼女をぐうの音も出ないようにするべきだと言い張った……。

この白熱した議論の結果を待つことなく、マレイズはラ・ポスト通り五番地からこっそりと外へ出た。しかし、十歩も歩かないうちに、二人の男性が彼のほうにやって来るのが見えた。ひとりは庭師のマティアスだったが、もうひとりの痩せて背が高く、おまけに見るからにエレガントな男性のほうを、警部は知らなかった。

急いでいた彼は二人を避けようとしたのだが、しかしマティアスが行く手をふさぎ、痩せて背の高い男性は丁寧に帽子を脱ぎ、いかにもあか抜けた風に聞いてきた。

「エイメ・マレイズ警部、ですね？」

マレイズが肯定すると、

「あなたを今朝から探しておりました……。その前に自己紹介させていただきます。私の名前はリオネル・メヌリ、興行主をしておりまして、ド・シャンクレイ氏は私の親友のひとりでした……」

「はあ」とマレイズは言った。

「私は今朝X……に着きました。そこでトランブル城までの道順は問い合わせたのですが、かかる時間までは聞かず、お恥ずかしいことに二時間もこの足を使わなければなりませんでした。行きに一時間、戻るのに一時間です。私は、まあ、あなたの跡を追ったわけです。駅に帰ってしまったら、元の木阿弥になるわけで、さあてどうしたらいいものかと思っていたところに、この方が通りかかって……」

彼はマティアスを指した。

「……それで彼に聞いてみようと思ったわけです。彼はあなたを知っていて、二人で協力して新任の駅長を見つけることができました。それからは事はすんなりと進みました。職務に忠実な駅長は、判事があなたに言った住所と、あなたが《行きましょう》と叫んだのを聞いていたのです」

「ええ、ええ」とマレイズはじれったそうにイライラして言った。

「私はどうしてもあなたにお会いしたかったのです」とメヌリ氏は続けた。「もちろん、私は亡くなった友人の公証人に伝えることもできたのですが、しかし、彼の死は……」

彼は嬉しそうに《謎だらけということで》と繰り返した。

「……私の頭に浮かんだのは、あなたがド・シャンクレイ氏の遺言をご覧になれば、たぶん、正確な情報がおわかりになるのではということです」

このとき、どうしたら彼をうまく回避できるか必死になって考えていたマレイズは、口をぽかんと開けて固まった。

それから彼は甲高い声で聞いた。

「どんな遺言です？　……」

「それは、じつは」とリオネル・メヌル氏は答えた。「ド・シャンクレイ氏が死の前日に、私に郵送してくれたものです」

XIX　ルビーの指輪

その後、メヌリ氏が警部に補足の説明をするのに、十分ほどかかった。興行主として、俳優の一団と地方の巡業に出かけていた彼がド・シャンクレイ氏からの手紙を見たのは、前日の夜、ブリュッセルに帰ったときだった。

城主は古い友人にこう書いていた。

私は不吉な予感に圧しつぶされています。私の遺言を一時間前に書き直し、いま書き終わったところで、不安はますます高まっています。これを私の公証人に渡す前に、何か恐ろしいことが起こりそうです。これを自分で所有しておくことに関しては、考えるべきではありません。しかし、郵便配達人が間もなく来ます……。私は彼に託すつもりです。

万が一、君が私の死を知ったら、即座に私の公証人、X……に住むラジュス氏と連絡を取って欲しい。

私たちを結びつける古い友情にすがり、私からの果てることのない感謝の気持ちを君に捧ぐ……。

最後の言葉は削除されていたが、しかし読めないほどではなかった。

じつは私は、それは間もなくだと恐れている。

話し終えたところで、メヌリ氏はポケットから封書を取り出し、マレイズに差し出した。彼はそれを素早く自分の財布に入れ、手を興行主の腕に置いて言った。

「私はこの足である男を逮捕しに行きます。時間が押しています。お願いがあります、この遺言に関しては……内容はあとであなたにお話ししますから……何も言わないでいただけますでしょうか？　……。もしお望みでしたら、私と一緒にいらして、ほらあの……判事と一緒に、そしてクレール・ド・シャンクレイさんも、彼女のことはたぶんもうご存知ですよね？」

事実、フェルト帽を斜めにかぶったブーション氏が、元気いっぱいにラ・ポスト通り五番地から出てきたところで、続いてクレールがあらわれた。その勝ち誇ったような様子は、判事と合い交えた議論で優勢に立ったことをはっきりと物語っていた。

そんな彼らに気を遣うこともなく、警部は道の角を曲がり、大急ぎで赤狼の小屋に向かう道に入った。突然彼は、マティアスが追いかけてきて、すぐ後ろを歩いているのに気づいた。

「なんだ！　マティアス」と彼は聞いた。「私を助けようという気にでもなったのかい？」

「そうです、はい、旦那さん！」と彼は元気に答えた。「少なくとも、あんたが喜んでくれるなら」

「嬉しいよ」とマレイズは言った。

「あんたはいつも俺には親切とは言えなかった」とマティアスは続けた。「しかし、それは俺も悪かったと思うさ。最初からあんたには俺が知ってたことを全部言うべきだった……。だから、もしよかったら、あとで少し時間をくれないかな、俺、あんたに打ち明けたいことが少しあるんだ……」

「それは素晴らしい」とマレイズは嬉しそうに言った。「いまは赤狼に専念しよう。君は小屋の外にいてくれ、マティアス、私が最初に呼んだらすぐ応えられるようにしておいてくれ」

マレイズが密猟人の小屋のドアを押し開けたとき……、林の空地の周辺にはけっこうな数の人がいた。ほとんど群衆といってよかった。判事のブーション氏、クレール・アルマンタンと、彼女に出し抜けに合流した最愛の夫ジャン、そしてメヌリ氏。

小屋に入り込んですぐ、マレイズは隅で、地面の床の上に座った赤狼を見つけた。彼は頭を上げ、呪いとも歓迎ともとれるうなり声をあげた。

この最後の演技を見て直ちに決断した警部は、密猟人の横に座って言った。

「私はユシェじいさんに会った」

赤狼は彼に物思わしげな視線を向けたが、ひと言も聞かないことに決めたようだった。

「私はじいさんに聞いた」とマレイズは続けた。「十月八日は何時間ほどあんたと一緒にいたのかってね。じいさんが何て答えたかわかるかね?」

密猟人はびくとも動かず、黙ったままだった。

「じいさんはこう言った」と警部は落ち着き払って言った。「あんたにはその日は会っていないとさ」

赤狼はびくりとしたが、しかし、表面上はしらっとして答えた。

「じじいは嘘をついている」

「私は、その代わり」とマレイズは聞こえなかったように言った。「あんたと何時間も一緒にいたという別の人物に会った……」

「誰だ？」

「ヴァドボンクール、駅……」

警部はとっさに、密猟人が伸ばした握り拳を避けて離れ、と思うとポケットからブローニングが顔を出した。

「手を挙げろ！」と彼は言った。「あんたは《追いつめられた》、覚悟しろ！」

しかし、赤狼はこれをいっさい意に介さないようだった。パッとひとっ跳びで警部にのしかかり、彼をひっくり返して馬乗りになって、筋ばった手で彼の喉を締めつけた。

マレイズは意外にも冷静で、半分息が詰まっていたにもかかわらずブローニングを手放し、赤狼の両手が合わさっていたのを利用して、手錠をかけた。そのあと、彼は密猟人の顎に一発食らわして厄介者をやっつけた。

立ち上がったマレイズは満面の笑みを浮かべた。それは見事な一発で、彼が得意がるのも当然だった。

しかし、そこで小屋のドアに行って待ち受けている者たちを安心させる前に、それは当然のことと思われたのだが、彼は容疑者のほうに身をかがめてゆっくりと言った。

「さあ、いま話すんだ……」

赤狼は手錠をはめられた手首を見つめ、恐ろしい形相をして、観念したように答えた。

「いいさ、聞いてくれ……答えてやる」

「では訊こう」とマレイズは言った。「誠心誠意答えてくれよ……。ド・シャンクレイ氏の指を切ったのはあんただね?」

「そうさ」

「なぜだ?」

「指輪を盗むためだ、赤い石のやつさ。別の三個は取っていたんだがさ、これを俺は外せなかった。それでさ……」

「この日、おまえは酔っぱらっていた……。しかし、おまえがド・シャンクレイ氏の死を早めたって、わかっているのか? もし彼がおまえさんのせいであれほど出血しなかったら、助けられたかもしれないんだぞ!」

密猟人はいきなり身体を動かした。

「わしは奴がまだ生きているってさ、知らなかったんだ!」と彼は叫んだ。「わしが食堂に入ったとき、奴は椅子にいて、家政婦は絨毯の上でうつぶせで伸びていた。わしは奴は死んでいると思った。だからさ……」

「で、もちろん、城主を殺したのはおまえさんではないと、私に誓えるかね？」

「もちろんでっさ、誓うさ！」と赤狼は叫んだ。「どうしてわしがあいつらを殺せたんだ？　わしは午前中はずっと村にいた、それはみんなが証言してくれまっせ。午後のアリバイは、そりゃまた別の話で……。金さえ出しゃあ、ユシェじじいは何でもする……」

「そのようだ」とマレイズは言った。

彼は考え込んで小屋の内壁にもたれていた。考えを整理しようとしたのだが、無駄だった。この朝の出来事の展開たるや急速度もいいところで、彼は度を失い、すべてが明らかになる答えを出す問題がどこにあるのかさえ、いくら考えてもわからなくなっていた。

確かに、彼が抱いた疑問の局面は完全に変化していたのだが、しかし、彼の推理をとことん突き詰めるために、それをどう確認したらいいのだろう？

そのとき、マティアスが小屋に入ってきた。心配のあまり、警部の命令に背いてのことだが、密猟人が手錠をはめられて地面に横たわっているのを見て、その心配はすぐに消えた。彼は嬉しそうに大声で笑った。

「ほかの人たちも呼んできましょうか？」と彼は言った。

「いや」とマレイズは答えた。「みんなを呼ぶのは……、あんたがさっき私に言ったことを話してくれてからだ、マティアス」

「へえ！　それほど大したことじゃないんで！」と彼は明らかに困ったように言った。「それに、俺にはわからない、本当にそれが役に……」

「それでもいいから言ってくれ」とマレイズは言い張った。「我われにはつねにどんな小さなことでも言わなければならない、我われ、警察の者にはね。もし、みんなそれがわかっていたら、もし話すべき人が全員話してくれたら、謎の事件はなくなるだろ?」

「いいっすよ!」とマティアスは急に決心した。「俺があんたに話したかったのはただ、ド・シャンクレイさんとレイモン夫人が、亡くなる前日に言い争っていたってことです」

「それだけか?」とマレイズは言った、目が光っていた。「しかし、二人にはそういうことが何度かあったのではないかな?」

「確かに、想像以上によく」と庭師は答えた。「二人は愛し合っているような日もあれば、痛めつけ合う日もあって……。でも、本当にその夜の二人は、それまで聞いたこともないほど激しく言い争っていました」

彼は一時おいて続けた。

「俺は庭園の食堂の窓の近くにいて、その窓はド・シャンクレイさんがよく開けたままにしておいたんです。レイモン夫人は、俺の理解した範囲では、俺のご主人が前の奥さんのことをまだ思っていると言って、ことさら非難していました。彼女は俺のご主人に、前の奥さんはそんな値がない、卑しい女で、娼婦やほかのものよりもっと悪いと言っていた。それを聞いてド・シャンクレイさんは鋭い声で叫んだ。《彼女は、おまえのように、人の手に武器を持たせて私を殺そうとはしなかった……。もういい、終わりだ、悪魔め……。私が死んでも、あんたには一銭も残さないようにする、一銭も！　……》。そこで、二人のうちのひとり、俺はレイモン夫人だと思うが、窓を閉めた者がいて、俺には何も聞こえなくなった。どうです、大したことではないでしょ……」

「大変な話だよ」とマレイズは言った。「さあ、ほかの人を呼んできていいよ」

マティアスが外に出るとすぐ、マレイズは改めて密猟人のほうに身をかがめた。

「盗んだ指輪はどこに隠したんだ？」

「隅っこの土に埋めたよ」と赤狼は答えた。「だがさ……だが、一個足りねえんだ」

「どれだ？」

「赤い石のやつさ」

「それはどうしたんだ？」

「その指輪でわしの指が痛くなったんで……わしは……わしはそいつを捨てちまった！　……」

「嘘だろ」

「いや、いや、本当だ、あんたに誓ってもいい！　もう持っていられなかった……」

「それをどこに捨てたんだ？」

「知らん……」

「どうして知らないんだ？」

「知らん。わしは小屋の入り口にいた。そんで、そいつを勢いよくどっかへ飛ばした……」

マレイズは半開きのドアからちらっと外を見た。判事とその仲間たちが大股で近づいてきた……。

そこでマレイズは、財布のなかからメヌリ氏から渡された封書をつかみ、爪で封筒を開いた。クレールとジャン・アルマンタン、ブーション氏、メヌリ氏、そしてマティアスが彼に合流したとき、マレイズの目は不思議な炎で輝いていた。

彼がちらっと見たばかりの真実は素晴らしいものだった、しかしそれは、彼が予見していたことでもあった。

十五分間ほどは、それぞれに言いたいことがあり、それをみんなが同時に言ったので、意味のある言葉は何一つ交わされなかった。

最後に、ブーション氏が話をつないだ。

「すべてが素晴らしいです、警部……。君は私がこれまで出会った人のなかでもっとも勇敢な男性のひとりで、ド・シャンクレイ氏の盗まれた指事件もついに解明されました……。しかし、私たちはいまだもって、ド・シャンクレイ氏と彼の家政婦を殺した犯人がわからないのではないですか？」

「まず最初に」とマレイズは冷ややかに言い返した。「この事件では《ド・シャンクレイ氏と……そして彼の家政婦の》とはもう言わないでください。ここでお伺いしますが、なぜ、私たちは犯人はひとりだと決めつけたのでしょう？　……」

「しかし……」

「……それが二人なのです！」

これが大騒ぎを引き起こした。この騒ぎがおさまると、ブーション氏は震える声で聞いた。というのも、この事件を解決した手柄はすべて部下に行くと感じていたからだった。

「犯人が二人となると、ひとりよりももっと複雑だ、しかし、まるで……まるで、警部、君はこの殺人犯たちの身元について何か知っているようですな?」

マレイズは微笑んだ。

「私にわかっているのは、実際は二人のうちのひとりで……、もうひとりは疑っています」

「疑っている、それだけですか? ……」

内心で、ブーション氏は《ふうっ》と安堵していた。

「疑っているだけとは! ……。それで君にはそれを裏づけるものがないのかね?」

「ほんのちょっとした物理的な証拠が足りないだけです」

「それで?」

マレイズはさらに微笑んだ。

「指輪です……ルビーの指輪です……」

クレールが一歩前に出て、震える声で聞いた。

「それは、たぶん、伯父が小指にしていたものですか?」

「そうです」とマレイズは言った。「その指輪です」

「でしたら! ……」とクレールがつぶやいた。「それはここに!」

そうして彼女は警部に、盗まれた指を飾っていた指輪を差し出した。

マレイズはその指輪を、火で赤くなっているもののように、親指と人差し指で一瞬つかんだ。

「これはどこで見つけたのですか?」と彼は聞いた。

「子どもがひとりいまして」とクレールは説明した。「私たちが隠れていた木の近くで、この指輪と遊んでいました。太陽光線がルビーに当たっていて、私はそれをもっと近くで見たいと思いました。私には伯父が盗まれた宝石だとわかったので、つかみました」

そこで、マレイズはその場を少し離れ、身体の震えを止めることができないまま、大急ぎで指輪を調べた。

「ああ、ありがたい!」と彼はつぶやいた。「ついに! ……ついにやった! ……」

彼はポケットから遺言を取り出した。

「これが」と彼は言った。「ド・シャンクレイ氏を殺した犯人について説明しています……。そしてこれが……」

彼は指でルビーを持ち上げた。

「……レイモン夫人の犯人について」

XX　マレイズと私

「そういうことだ！」とマレイズは言った。

彼は踵でパイプの灰を振り落とし、そして私を見て無邪気に微笑んだ。

「そういうこととは、どういうことですか？」

「これで話は全部、ということだ」とマレイズは言った。

彼は彼なりに、私の表情が驚きのあまり茫然自失としているのを読み取った。

「彼らが犯人とは、思いもよらなかったのではないですか？　……」

それを聞いて私は、本当に、思いのたけを抑えきれずに吐き出した。

それは二十分は続いただろう、そして私の呪いの言葉は、ある程度の距離まで聞こえていたはずだと思っている。

「そんなことを言われてもねえ、君、許してくれたまえ」と、私がわめき終わったときに警部は言った。「しかし私は、君にははっきりわかったと思っていたんですよ」

「はっきり！　……。どうしてそんなことが言えるのですか？　……」

「まあ、それ以上努力をしなくていいです」とマレイズは私をさえぎった。

「これから遺言の中身について言いましょう」

「早くそれを言ってください」

「では、これから遺言の中身について言いましょう」とわが友は繰り返した。「遺言では、クレール・ド・シャンクレイが彼女の伯父の包括受遺者になっていました」

「ということは？」

「つまり、ド・シャンクレイ氏は、死の前日に、レイモン夫人の相続権を奪うことに決めたのです。そして、書きとめるだけでは満足せず、彼は――マティアスが最後に言ってくれたことを参考にしてください――そうしようと思っていることをレイモン夫人に前もって言ったほうがいいと判断した」

「しかし……」

「これからルビーの指輪に含まれていたものについても言いましょう」

「指輪にも何か含まれていたのですか？」

「はい、まだ何かが……。まだシアン化合物が少し……」

「え？　……」

「そうです……。もうわかりましたか？」

「いいえ」と私は言った。

マレイズは両足を伸ばした。

「わかった！」と彼は言った。「あなたは憎しみについて十分に考慮しなかったか、あるいは、私が登場人物を紹介するのをうわの空で聞いていたか……」

「それはいいですから、早く、あなたが誰を逮捕したのか言ってください、そのほうが簡単でしょう」

「私は誰も逮捕しませんでした」とマレイズは答えた。「死人は逮捕できません！」

私は椅子のなかで飛び上がった。

「なんですって？　あなたは何を言いたいのですか？」

「まったく簡単なことです」と警部は言った。「レイモン夫人がド・シャンクレイ氏をキノコで毒殺し、ド・シャンクレイ氏はレイモン夫人をシアン化合物で毒殺した。そう。そういうことです」

「しかし、どんな目的で？　……」

「最初の人物は、私利私欲から。二番目の人物は復讐心から。あるいは、憎しみから、のほうがいい……。これはあなたにもよく言ったつもりだが、あなたは憎しみについて十分に考慮しなかった」

「憎しみは恐ろしい」と私は言った。

「一見するとそうでしょう、ええ。しかしよく考えると、そうでもない……。では少しの間、この二人が一緒に、陰気なトランブル城で、決定的に二人だけで暮らしているのを想像してみてください……。二人だけですよ、けっこう恐ろしくないですか？　……。マティアスは考えなくていい……。クレールもいい、彼女は来たのが遅すぎます……。城主のほうは、裏切られた女性を狂おしいほど愛していて、しかし、彼女が哀願しに来たときに押し返したものだから、自分に対する嫌悪から、病的なほど嫉妬するようになり、そして誤算から、ある日、自分の家政婦に結婚を申し込むまでになった！……。なんとも複雑な性格ですね、そう思いませんか？……。こういう性格だと、反動から何をするかわかりません、あなたもそれは知っておくべきでしょう……。いっぽう、悪魔のようなのがこのレイモン夫人です……。私たちは夫の話から、彼が彼女にそそのかされて盗みから、殺人まで犯そうとした……のを知っています。そのあとも、彼女は城主と一緒に暮らし、そして、彼女が優しく、愛情にあふれ、謙虚なかぎり、彼は思い上がっていき……ド・シャンクレイ氏はだまされる、二人だけだから余計に近づいてね……。心をとらえられた彼は、遺言に相続人として家政婦の名前をしたためた……。しかし、ある日、堰が切れた。美しいはずのガブリエルが悪口や脅しで彼をくそみそに罵倒した、おそらくは、やはり美しいエルヴィールを敬愛する思い出に関してだったに違いない……。それでもド・シャンクレイ氏は彼女を許した。彼としては、レイモン夫人の心が乱れたのは嫉妬からとしか考えられなかったのだが、いっぽうの彼女は、一時間でも天使のように演じる力がもうなくなったと感じていた……。しかし、気持ちの行き違いは深刻になる。というのも、城主がある夜、黒い大ヒゲの男が家政婦と話しているのを見てしまったからだ……。疑惑の念が生まれる。もし美しいはずのガブリエルが、夫にいろいろなことを吹き込んでいたとしたら？　つまるところ、彼女は見てくれがいいだけなのではないか……。そしてレイモン夫人は夫人で考える。《彼は決して死なないのではないだろうか？》。彼女としては、夫が出所すると聞いてからは……よけいにド・シャンクレイ氏の財産を手にすることに焦っていた。おまけに、クレールがあいだに入ってきた、クレールは老人の心を惑わすものをすべて備えている……。すでに考えは固まっていた――それもしっかりと――美しいガブリエルのなかではアンリ伯父を消さなければならず、そしてそれも遠回しな方法で、たとえば、事故と思われるようにしなければならない……。だとしたら簡単だ。近くの林はタマゴテングダケの宝庫だ……。ねえ君、メルロ医師の言葉を思い出してくれないかな。《生まれて初めてキノコを採った人物か、または、私のようにキノコに詳しい人物か》。この《私のようにキノコに詳しい人物》は、家政婦以外に誰が考えられるだろう？　私はすぐにそう考えたんだが、しかしそれを追い払った、なぜなら、レイモン夫人もまた死んでいたからだ……」

「ええ、ええ、」と私は言った。「しかしですね、驚くべきことは、なんといってもこの衝撃のはね返り、お互いが同じ時間に毒殺されていることです……」

「そんなことで何を驚くのかね？」とマレイズは反論した。「もっとよく想像してくれないかね？　この男性と女性が二人だけで向かい合って、そしてこの憎しみが、この憎しみが、二人の心のなかで何カ月も、何カ月も前から――トランブル城の年月に相当するほどの昔から――くすぶっている、くすぶっているんだ……。十月七日、老人はまたしても彼の姪に愛する女性の思い出を話している……。ドアの外ではもうひとりの女性が聞いている……。そしてクレールが部屋に行ってから、もうひとりの女性はこのドアを開け、ド・シャンクレイ氏に立ち向かって、侮蔑と非難の言葉を浴びせる――わからないが、脅したかもしれない……。彼は、彼のほうもついに疑念をぶちまけて、まさに非難する。《彼女は、おまえのように、人の手に武器を持たせて私を殺そうとはしなかった……》。怒りのあまり分別をなくした彼は、こう言い終えた。《もういい、終わりだ、悪魔め……。私が死んでも、おまえには一銭も残さないようにする、一銭も！……》。美しいガブリエルはすぐに決断する……。彼女から相続権を剝奪する時間をド・シャンクレイ氏に残してはいけない。ド・シャンクレイ氏の食卓には、明日、毒キノコが供されることになるだろう……。老人は、彼は、家政婦が部屋から出ていくと、大切な思い出が傷つけられ、台無しにされて……激しくしゃくりあげるほどに泣き崩れる。肖像画の油絵、エルヴィール、本当のエルヴィールの美しい絵さえ歪んで見えるほどに……。そしてこの死の予感……。城主はついにレイモン夫人の悪意をつきとめる、まぎれもない悪意のある女は、明日にも彼に打って出るかもしれない……。そうならば……そうならば、その前に手を打つべきではないだろうか？……。解雇するか、警察に知らせるほうが簡単だろうか？……。しかし違う、それはダメだ！……。その前にやられるだろう！……。そしてさらに、この孤独な二人にとっては、外の世界はないも同然、消えている……。それだから、次の日、レイモン夫人のミネラルウォーターの瓶にシアン化合物が入っていることになる……」

「わかりました」と私は言った。「しかし、考えると恐ろしい話ですね……」

「それよりはこっちを考えよう」とマレイズはさえぎった。「思いがけない偶然が私を真実の発見に導いてくれたことだ……。そして、ジャンとクレール・アルマンタンの幸せを……」

長い沈黙が訪れた。エイメ・マレイズはパイプを美味しそうにプカプカふかし始めていた。

突然、私のほうに身をかがめた彼は、一枚のカードを差し出した。

「読んでくれ」と彼は言った。

ジャン・マルタン夫妻は、と印刷されていた。娘の幸せな誕生を皆さまにお伝えできることを嬉しく思います。

「君は全部を読まなかったね」と警部は不満そうに言った。「ほら、その隅を見て……」

隅には、「エイメ」とあった。女の子の名前だった。

「嬉しいじゃあないですか?」とマレイズは言った。

一九三〇年三月六日から二十一日

訳者あとがき

本書は、一九三〇年にフランスのシャンゼリゼ出版から「マスク叢書」の一環として出版されたスタニスラス＝アンドレ・ステーマン（Stanislas-André Steeman　以下S・A・ステーマン）の『盗まれた指』（Le doigt volé）を日本語に訳したものである。「マスク叢書」とは、いまや古典となったミステリの名作シリーズで、本書もまさに本格的な、わくわく感たっぷりのミステリである。

著者のS・A・ステーマンは作家で、イラストレーターでもあった。一九〇八年一月、ベルギーのリエージュで生まれ、一九七〇年十二月にフランスはコート・ダジュールのマントンでガンのために亡くなっている。日本では、邦訳された作品が少ないこともあり、残念ながらあまり知られていないようだが、本当は同じベルギー出身で同時代人の〈メグレ警部〉で世界的に有名なジョルジュ・シムノン（Georges Simenon　一九〇三―一九八九）と並び称されるほど、実力・人気とも兼ね備えた作家である。

ベルギーという国はフランスに隣接し、フランス語は公用語の一つにもなっているほどだから、フランス語で書く作家はそう珍しくないのだが、そのあたりはフランス人も日本人と同じくらい「疎い」らしく、ステーマンがミステリ作家としてフランスで人気を博していた当時、批評家たちからは「ベルギーのシムノン」と称されていたというから面白い。ちなみにフランスでは、いまでもシムノンをフランス人作家と思っている人が多いそうだ。

初めて原書を読んだとき、生粋のフランス人作家とやはり違うなと思ったのは、いい意味でも悪い意味でも、フランス人独特の複雑な言い回しや、過度な装飾語があまりなく、謎は謎で素直に謎と思えたところである。ある資料によると、ステーマンは「英米ミステリの影響を深く受けていた」そうだから、それもあるのだろう。また、作家として本格的に活躍する前は、ベルギーの全国紙『ラ・ナシオン・ベルジュ』(La Nation belge)でジャーナリストとして働いていたというから、ジャーナリスティックな視線も十分に磨かれていたようだ。いずれにしろ、本書はフランス語の小説としてはテンポが非常によく、古典といえるのは時代背景だけで、展開の早さとその意外性、ここで何か起こりそうな雰囲気の描写など、現代人の私たちをもハッとさせる要素はたっぷりである。

生涯に発表した作品は小説も含めて四十冊以上、初期のミステリ『Six hommes morts』(一九三一年。邦訳『六死人』 創元推理文庫 三輪秀彦訳)で、創設間もないフランス冒険小説大賞を受賞して名声を確立、うち映画化されたのは十四作品にものぼるという。

本書『盗まれた指』は、六作あるエイメ・マレイズ警部シリーズのなかの一作である。余談だが、シリーズ第三作目の邦訳『マネキン人形殺害事件』(角川文庫 松村善雄訳)の「訳者あとがき」に興味深い一文があったので紹介しよう。訳者の松村氏が使った原書のベルギー版に、わざわざ次のような「注」がつけられていたそうだ。

「……本書に登場するマレイズ警部は、シムノン作のメグレ警部と似ていると考える読者もいるかもしれないが、じつはメグレ警部より、マレイズ警部のほうが先に書かれている。……マレイズ警部は一九三〇年刊の『盗まれた指』（本書！）に登場しているが、メグレ警部が初登場したのは、一九三一年刊の『死せるガレ氏』である」

これは本当なのだろうか？　両者の資料を調べるとちょっと怪しいのだが、マレイズ警部とメグレ警部がそれぞれの作品に初登場した年代が近いのは事実であり、いずれにしろステーマンはシムノンを意識しまくっていたことは間違いないようだ。

最後に、本書の内容について簡単に触れようかと思ったのだが、読む前にわかってしまうとミステリがミステリでなくなってしまうので、ここでは基本的な情報を三つほど。

まず、気になるタイトルの『盗まれた指』である。本書での事件の舞台は、ベルギーの辺鄙な片田舎にあるトランブル城で、ある日、城主とその家政婦が同時に毒殺されたというものだが、そのとき、なぜか殺された城主の小指までが切断され、その場から消えていたことから来ている。そのことが謎が複雑化する要因の一つになっている。

二つ目は本書の構成で、冒頭はマレイズ警部と著者の架空の会話から始まっている。読者としては、いきなり意表をつかれるわけだが、ここでの著者は読者の代弁をしているようでもある。

こういう会話が途中で二カ所と、最後の計四カ所あり、物語の流れの節目節目で、読者も事件を一緒に解明しているような気分を味わえる。
三つ目は、マレイズ警部の人間味ありすぎる性格で、相手を判断するのに好き嫌いの感情が働くなど、捜査官としてはあるまじき言動が多いのだが、それゆえに失敗もあれば、逆に思わぬ授かり物もあって、そのあたりも本書の魅力の一つになっている。

最後の最後に、私がこの本を翻訳させていただいたのも、不思議な人のつながりの結果である。まず私が年に一回手伝っているアイムパーソナルカレッジという女性の就活を応援する学校で、スピリチュアルライターの森マリアさんと知り合い、その森さんが別の場所で巴里映画を主宰する高野てるみさんと懇意になり、その高野さんとはお会いしたことがなかったのだが、じつは二十年ほど前に私が翻訳したリシャール・ボーランジェの『ブルース』(幻冬舎文庫)の翻訳実現に向けて奔走したのがなにあろうこの高野さんで、森さんを介して高野さんと私が初対面し、論創社編集部の林威一郎さんと黒田明さんを紹介してもらったというわけだ。編集部では、八十年以上も前に出版された原書をフランスから入手するのにけっこう苦労したようだが、こうして日本では未訳の古典ミステリの名作がまだまだ埋もれていそうと思うと、嬉しくなる。
人のつながりの輪に感謝して。

二〇一六年二月　鳥取絹子

いまだ知られざる作家ステーマン・ノート

ストラングル・成田（ミステリ愛好者）

フレゴリの錯覚〜はじめに

十九世紀から二十世紀にかけて活躍したイタリアの舞台人に、とても風変りな喜劇俳優がいた。彼の名はレオポルド・フレゴリ（一八六七―一九三六）。得意としたのは、早変わりと物真似。歌手、踊り手、パントマイム、手品などもこなし、一人で計六十役を演じることができたという。多くの変装道具を常にトランクに入れて持ち歩いていた。草創期の映画にも関わりがあり、ファンタスティックな映画で知られる映像作家メリエスの『プロテウス的人間』に出演したときには、二分間で二十とおりの人間に着替え、その変化は観客の眼の前で演じられたという。（サドゥール『世界映画全史3』国書刊行会）

変装を駆使した怪盗ルパンは、第一作「アルセーヌ・ルパンの逮捕」で、「もう自分でも、自分が誰なのかわからないくらいさ」（平岡敦訳）といっているが、まさにこのフレゴリ的人物として造型されたといえよう。

ステーマン作品の解説らしきものを目論む文章がなぜ往年の怪俳優の話から始まっているかと

いうと、フランスの詩人でミステリも愛好したジャン・コクトーがステーマンのことを「探偵小説界のフレゴリ」と呼んでいるからだ。コクトーのことばは、これまで我が国で紹介されているステーマン像（典型的なのは「トリック小説の第一人者」松村喜雄）の修正を迫る評価として興味深い。

このフレゴリは、精神疾患である妄想の症例にも名を残している。全くの見知らぬ他人を、よく見知った人物と取り違えてしまう（知っている人物が変装して自分を騙そう、迫害しようとしていると信じてしまう）症例は、一九二七年にフランスで初めて報告され、「フレゴリの錯覚」と名づけられている。フレゴリの名前が広く世間に浸透していた証左だろう。

面白いことに、ステーマンの出世作『六死人』では、北京の街で会った男が、帰途の船上や帰還した街の各所に変装して現れるという「フレゴリの錯覚」的シチュエーションが語られる。（第五章）そして、登場人物の一人は、その変装した男は「ぼくら全員を次から次へと殺すだろう！」と予言めいた恐怖を語るのだ。

ステーマンという作家

スタニスラス＝アンドレ・ステーマンの経歴については、訳者あとがきに手際よく述べられている。日本の文献では、松村喜雄の浩瀚なフランスミステリ史『怪盗対名探偵』（晶文社／双葉文庫）が、一章を設けて、その人と作品を詳しく論じており、大いに参考になる。フランスのクロード・メスプレッド編のミステリ事典『Dictionnaire des littératures policiéres』（二〇〇七

／以下『ミステリ文学事典』という）にも、かなりの分量が割かれており、以下の伝記的事実等は、これらの本による。

なお、ステーマンは、ベルギー出身の作家だが、フランス語で書き、これまでもフランスミステリの文脈で語られてきたことから、本稿もそれにならうことをお断りしておく。

訳者あとがきを多少補足するならば、十四歳のときから短編を書きはじめ、十六歳でパリの雑誌に短編が掲載されたというステーマンの早熟ぶりだろうか。ブリュッセルの〈ラ・ナシオン〉紙の同僚記者だったサンテールと共同で最初のミステリ長編『Le Mystère du zoo d'Anvers』（ガストン・ルルー風のパロディ）を出版したのが、一九二八年、弱冠二十歳。単独で執筆するようになった最初の単行本『Péril』や本書『盗まれた指』の刊行時は、二十二歳。ミステリの世界には早熟の作家が多いが、記者生活で鍛えたその才気煥発ぶりは特筆に値する。

ルルー『黄色い部屋の謎』（一九〇八）がありながら、フランスミステリ界では、長らく謎解き小説は根付かなかった。しかし、一九二七年の「マスク叢書」の出現で、英米の傑作が流入してきて事情は一変、「冒険小説大賞」の受賞者らを中心に、十年ほどの間、本格ミステリがさかんに書かれるようになった。その中核を担ったのが第一回目の大賞受賞者であるピエール・ヴェリイや第二回目の受賞者であるステーマンであり、受賞作『六死人』の成功で、ステーマンは「マスク叢書」のレギュラー作家、アガサ・クリスティーと並ぶスターになったという。

一九四〇年、ステーマンはベルギーでミステリ叢書「Le Jury」を主宰するが存続に失敗。五一年には「マスク叢書」と縁を切り、独自のミステリを書き続けた。作品が奇抜すぎて出版を拒否されることもあったという。

映画との関わりも深い。『怪盗対名探偵』及び映画サイトＩＭＤｂによれば、一九三五の『六死人』の映画化を皮切りに、十四本の原作・脚本で関わり、そのうち三作には出演もし、ＴＶドラマにもなっている。

我が国への紹介は早く、『新青年』に短編数編が訳出された後、一九三五年「新青年」夏季増刊の巻頭に『模型人形《マネキン》殺害事件』が掲載される。（三分の一程度の抄訳だったという）編集長水谷準の編集だよりでは、「彼は目下仏蘭西で素晴しい活躍を続けてゐる探偵作家ジョルジュ・シムノンと共に、最も新進の探偵作家である」「本格的なストオリーの中に、文学的叙述を盛るところ、いかにも仏蘭西の作家らしいが、本号の作もけだし近来の掘りだしものとして大方の読者の賞賛を博することと思ふ」と紹介されている。

同年『ゼロ』が「新青年」に掲載。三六年『六死人』が『殺人環』のタイトルで黒白書房の世界探偵傑作叢書の一冊として単行本となり、三七年に『狂嵐』（『三人の中の一人』）が「探偵春秋」に訳載された。

その後、長い間単行本での刊行はなかったが、我が国で、ステーマンが復活を遂げるのは、本格ミステリのマエストロ鮎川哲也による松村喜雄への慫慂が大きく与っている。七六年には『マネキン人形殺害事件』が松村訳で完訳される。これ以降、創元推理文庫で『六死人』、『殺人者は21番地に住む』などが完訳で紹介された。現在、新刊で入手できる著書はないようだが、創元推理文庫の二冊は比較的入手しやすい。

ステーマン作品鑑賞

〈論創海外ミステリ〉では初刊行の作家でもあり、これまで邦訳のあるステーマンの作品をざっと概観してみよう。特徴的なのは、六十年代までコンスタントに作品が発表されているのに、翻訳は、初期作品に集中している点だ。これは、ステーマンの作品は、初期のものほど、本格物の味が濃いとされているということも関連しよう。邦訳作品及び作中の探偵役を発表順に並べてみると次のようになる。（冒頭の数字は、単独執筆作の刊行順）

2　『盗まれた指』（一九三〇）　本書　マレイズ警部
3　『六死人』（三一）　ウェンズ氏
5　『ゼロ』（三二）　マレイズ警部
7　『マネキン人形殺害事件』（三二）　マレイズ警部＋ウェンズ氏
8　『三人の中の一人』（三二）　ウェンズ氏
9　『ウェンズ氏の切り札』（三二）　ウェンズ氏＋マレイズ警部
18　『殺人者は21番地に住む』（三九）

『六死人』創元推理文庫（八四・三輪秀彦訳）

「世界はぼくたちのものさ！」五年経ったら再会して、稼いだ金をみんなで山分けにしよう。そんな取決めのもと、大金持ちになる夢を胸に秘めて世界中に飛び立っていった六人の青年。ある者は成功し、ある者は尾羽打ち枯らして、それぞれが帰国の途に着いていた。だが、一人が客船から海に落ちて行方不明になったのを皮切りに、一人、また一人と何者かにより次々と殺されていく。著者の出世作にして、ウェンズ氏初登場の本格ミステリ。

クリスティー『そして誰もいなくなった』の先行作といわれ、後年、作者自身もクリスティーにアイデアを盗用されたとしているようだから、主要登場人物が次々と殺され、容疑者がゼロに近づいていくというオリジナルなプロットには作者も自負があったのだろう。しかし、登場人物が六人に限定されているわけではなく、『そして〜』における島に集められた一件無関係の人物が全員死んでいくという魔術的展開や不条理感覚にはいまだ距離がある。本格ミステリとしては、論理性にはやや欠けるものの、大胆で厚みのある手がかりの配置や読者を誤導するテクニックは鮮やか。例えば、冒頭は、謎の赤髭の男、雷雨の夜、口笛をならす襲撃者という、スリラーめいた事件だが、こうした通俗風の要素に謎解きの手がかりをしっかり仕込んでおり、既に本格ミステリの技法を自家薬籠中のものにしていると知れる。他の長編同様短めの割には、恋愛要素が大きくフィーチャーされ、若者の高揚と挫折を描いたほろ苦い青春小説的側面もある。

『ゼロ』(『ウェンズ氏の切り札』(現代教養文庫(九三)藤田真利子訳)に併収。

日本版では「短編」と記載されているが、原書は独立の単行本で刊行されており、邦訳百二十頁余りの短い長編とみなすことができる。新聞記者である「わたし」ミシェルはコラムの題材として占い師ハッサンを訪問するが、一週間で不思議な体験をすることを予言され、数字の「0」の一文字が書かれた紙片を渡される。続けて取材した探検家は、神像を盗んだことの復讐を恐れていたが、何者かに殺される。ミシェルの友人マレイズ警部が捜査に当たるが、別な新聞記者に出し抜かれ赤恥を欠かされるし、真相を指摘するのは意外な人物であったりと、警部のいいところはあまりない。予言、ポリネシアの神秘、運命の恋、スリラー風味と盛りだくさんだが、ミステリ的には、予言の成就に関して一切説明がないのは苦しい。トリックにさしたる意外性はないが、詩的なイメージが付与されているのは美点であり、作者の発想法の一端も窺える。

『マネキン人形殺害事件』（角川文庫（七六）松村喜雄訳）

完訳刊行時の帯の推薦文には、筆者も胸が高まったクチである。

「ベルギーの『エラリー・クイーン』ステーマンの初登場です。今まで読んだ海外ミステリーの中でも、五指に入る文句なしの傑作です。ああ、わたしの耳に、読了したときのあなたのため息が聞こえてくるようだ。―鮎川哲也氏評」

マレイズ警部が一泊を余儀なくされた田舎町。翌朝、洋服屋の飾り窓が砕かれ、マネキン人形が盗まれて大騒ぎになっている。しかも、その人形は心臓部にナイフが突き刺さり両目をえぐられて線路上に横たえられていた。警部は、この「人形殺害」の背後に、陰湿な犯罪の匂いを嗅ぎとる。

本書に関して、森英俊編著『世界ミステリ作家事典［本格派篇］』（国書刊行会）では、「鳴りもの入りで紹介されたが、その割りに作品そのものの出来がいまひとつぱっとせず、評判倒れで終ってしまった」とあるが、率直にいって、当時、筆者も同様の感覚を味わった。

本書の本格ミステリとしての大きな難点は、「人形が殺害される」という、作中でも「世界で最大の犯罪」というほどの奇抜な発端に、捜査への誘因の意味合いしか与えられていないことだろう。高木彬光『人形はなぜ殺される』並みの着想を期待して肩透かしをくらった感が大きかった。けれども、今回読み直してみて、奇抜な殺人トリックで一見無関係な事件を結びける技巧には、やはり非凡なものを感じさせる。見捨てられたような村落でのマレイズの単身の捜査、過去の悲劇が陰鬱な影を落としている家庭の雰囲気、物置部屋で遊び暮らし将来を夢見た若い男女たちの過去への追憶には独特の味わいも漂う。本編で、捜査に行き詰ったマレイズ警部は、ウェンズ氏を頼り、彼は重要なヒントを警部にもたらす。本書は、四三年に改稿されており、ウェンズ氏が登場するのは、この改稿版からのようだ。

『三人の中の一人』（番町書房イフ・ノベルズ（七七）松村喜雄訳）

片田舎にある古い城館。巨富を有するユーゴー・スリムは、若く美しい妻と姪、友人の医師とともに、ひっそりと暮らしていた。ある雷雨の夜、城館の一室で友人の医師が銃で打たれて殺される。予審判事の必死の捜査にもかかわらず、第二の殺人が発生する。城主の友人として招かれていた謎の人物、黒衣の手相見・サン・ファールは、予審判事の捜査に協力をするが……。

ヴァン・ダイン『ベンスン殺人事件』に何度も言及があり、同書そのものも小説中の小道具になっている。それにしても、奇怪な人間たちが城館の周りを徘徊しているというシチュエーションの異様さはどうだ。事件の背景をなす奇形人間創造のくだりは、乱歩『孤島の鬼』すら彷彿させる。論理性や手がかり配置は精巧なものとはいえないが、犯人の設定はクリスティーのある作品に先んじている。入手困難作だが、好事家には探してでも読んでほしい怪作。

『ウェンズ氏の切り札』（松村喜雄・藤田真利子訳）

婦女売買、麻薬の供給、宝石故買など悪事の限りを尽くすフレデリック。彼にはマルタンという蠟燭売りの兄がおり、弟を改心させようとしている、とここまでがプロローグ。フレデリックが参加したポーカーの後、悪事の仲間のダウーという男が死んでいるのを発見される。自殺として処理されたことに納得のいかないダウーの愛人は、ウェンズ氏に犯人探しを依頼するが、事件関係者は相次いで殺されていく。犯人は絞られ、最後に二者択一かと思われたが、ウェンズ氏は「第三の答」を出す。手がかりは大胆に提示されているとはいえ、現在では、意外な真相ととらえる読者は少ないかもしれない。マレイズ警部も脇役で登場する。

『殺人者は21番地に住む』（創元推理文庫（八三）三輪秀彦訳）

霧深いロンドンの街で起こる連続撲殺事件。犯行現場には必ず〈スミス氏〉の名刺が残されている。相次ぐ凶行にロンドンが騒然となる中、犯行の現場から立ち去る男を尾けたという証言者が現れ、判明した犯人の住み家はラッセル広場21番地の素人下宿だった……。

作中で、第二の切裂きジャック事件と言及されるように、クリスティーの『ABC殺人事件』やフィリップ・マクドナルド『狂った殺人』といったリッパー・テーマの作品だが、犯人の意外性に重点を置き、新機軸を打ち出している。クイーンばりに、二度にわたり読者への挑戦が差しはさまれ、ダイイング・メッセージの趣向もある。ブリッジによる犯人解明場面は、ヴァン・ダイン『カナリヤ殺人事件』の二番煎じのようであるが、福井健太『本格ミステリ鑑賞術』(東京創元社)で賞賛された大胆な伏線が張られていることも忘れてはならない。しかし、解明に至る推理の弱さという欠点がここでもみられる。

十一人が殺害されるという大量殺人だが、サスペンスは希薄。下宿人たちも良く書き分けられているとはいえないが、犯人らしき人物が逮捕されては、〈スミス氏〉による殺人が起き、逮捕者が釈放されていくという展開に独特のリズムがあり、面白さを生んでいる。

容疑者が釈放され、歓迎のパーティで迎えられる場面には、ひねくれたユーモア感覚が漂っている。(この場面は、映画ではさらに喜劇的に描かれている)

ちなみに、本作はフランス版エラリー・クイーンズ・ミステリ・マガジンの読者投票によるベストテンで、第一位を獲得している(『怪盗対名探偵』)。フランス人作家のルルー『黄色い部屋の謎』(二位)やクイーン『十日間の不思議』(四位)、カー『火刑法廷』(五位)、クリスティー『アクロイド殺し』(七位)を抑えてのトップだから、本作がいかにフランスで評価されていたかを物語る。

ステーマンの短編もいくつか紹介されており、「姿なき敵」（新青年三四・七）にはマレイズ警部が、「エレベーターの中の死体」（ミステリ・マガジン二〇〇九・七）にはウェンズ氏がそれぞれ登場する。後者は、『六死人』のある殺人と同様のシチュエーションを扱っているが、長編とは異なる「別解」を示している。

映画化作品

現在、日本でソフトで入手できるのは、『六人の最後の者』（四一／原作『六死人』）、『犯人は二十一番地に住む』（四二／原作『殺人者は21番地に住む』）、『犯罪河岸』（原作は『Légitime défense』（正当防衛））の三作と思われる。

『六人の最後の者』では、後のフランスの名匠アンリ＝ジョルジュ・クルーゾーがステーマンとともに脚本を書き、ウェンズ氏の設定はパリ警視庁の警部となっている。後の二作は、クルーゾーが監督している。『犯人は二十一番地に住む』は、ロンドンが舞台の原作をパリに移し、原作には登場しないウェンズ氏が活躍。いずれも、俳優ピエール・フレネーがウェンズ氏を演じており、歌手志望の恋人役も共通するなど両作の連続性が高い。ウェンズ氏のイメージはこのダンディな俳優が決定づけたといってもよいだろう。『六人の最後の者』は、原作の骨格を生かしながら、登場人物の設定などを改変、『犯人は二十一番地に住む』はなんと全編コメディタッチに仕立てられており、作劇的にも原作以上の部分がある。『犯罪河岸』は、ひねりを加えたプロットよりもパリに生きる人々の哀歓が印象深い。

二人の探偵

これまで見たようにステーマンの初期作には、二人の探偵役がいる。ウェンズ氏とマレイズ警部。二人は、もともとは、ベルギーの首都ブリュッセル警察署の同僚だ。『六死人』では、解決に手間取るウェンズ氏に上司が業を煮やして、捜査官をマレイズ警部に交代させることを匂わせたりする。作品から拾った二人の肖像は次のようになる。

エイメ・マレイズ警部―背が高く、幅が広く、重量がある、フランドル地方のタンス型の男。山のような大きな背、「立派な顔」の持主。パイプ党。捜査でのねばり強さ、弱者への優しい共感は、『盗まれた指』『マネキン人形殺害事件』などでも発揮される。『マネキン人形殺害事件』では、「所詮、ぼくの職業にはいつも悲しい宿命みたいなものがついて回るのですよ」と述懐する。『ミステリ文学事典』によれば、『Péril』が初登場作という。

ウェンズ氏（本名ウェンセラス・ヴォロベイチク）―知り合いからは通常ウェンズ氏と呼ばれる。『六死人』では警部として登場するが、その後、退職。黄金期の名探偵然とした私立探偵に生まれ変わる。ロシア貴族の出で資産家。真面目な顔で冗談をいうことに長け、身だしなみに気を使うすらりとしたダンディ。『三人の中の一人』では、最近、妻を亡くしたと語っている。チュー・チーという中国人の使用人がいる。ステーマン自身に容貌も性格もよく似ているといわれる。

作者がどうして、二人の探偵役を生み出し、競演させたり、単独で捜査させたりしたのか不明だが、どちらかといえば生真面目でコツコツ型のマレイズと黄金期の探偵らしい個性の持ち主ウェンズ氏を事件に応じて割り振ったというところだろうか。他のシリーズキャラクターとしては、サンテールとの共作時の探偵ミエット氏、後の作品で活躍するアメリカの私立探偵のパロディのようなデジレ・マルコがいる。

なお、単独執筆第4作『La Nuit du 12 au 13（十二日から十三日の夜）』（三一）では、マレイズ警部とウェンズ氏が上海で再会、共同で捜査に当たるということだ（加瀬義雄『失われたミステリ史』盛林堂ミステリアス文庫）。この作品は、「二転三転の解決を持つミステリ」ということで、大いに興味をそそられる。

ステーマンの位置

以上、翻訳のあるステーマン作品を駆け足で眺めてみたが、ミステリ史におけるステーマンの位置づけないし評価といったものはどのようなものであろうか。

実作者で鋭利な評論家でもあったボワロー&ナルスジャックは、こういう。

「ステーマンは前人未踏の輝やかしいスタイルを確立した。無邪気で、いささか破目をはずししているが、手際がよく、奇妙な着想の妙や計算されたトリックなどに着目したい」とし「ステーマンは、明らかに新しい波であった」「フランスの推理小説の歴史のうえで、大きな足跡を残した」と高く評価している（『怪盗対名探偵』からの引用）。二〇〇二年に出版されたフランスの評論家アンドレ・ヴァノンシニ『ミステリ文学』（白水社）では、ステーマンの名声が今なお保たれているのは、『六死人』とクルーゾー監督による映画化作品によるところが大きいとしている。

『ミステリ文学事典』では、アイデアの厳密な構築を賞賛しつつ、ステーマンに独自のスタイルというものはなく、探偵小説から広がるあらゆる道を絶えず開拓していった、と評している。

英米での知名度は低いようだ。著名なミステリ史、ヘイクラフト『探偵小説・成長と時代』やジュリアン・シモンズ『ブラッディ・マーダー』、スタインブラナー&ペンツラーの事典『Encyclopedia of Mystery & Detection』に、その名は登場しない。

我が国においてステーマンに最も精通し、熱心な紹介者でもあった松村喜雄氏は、『怪盗対名探偵』において、ステーマンに関し、フランスのミステリに革新をもたらしたことを認めつつ、「ステーマンは探偵小説をゲームと割り切っていた。読者をアッとおどろかせるために探偵小説を書いた。そのためには手段を選ばなかった。要するに、彼の頭にあったのはトリックだけである。トリックのためなら、なりふりかまわず、稚拙とさえ思われる、小説を書いた」とまとめている。シムノンとの比較が再三にわたり持ち出され、「小説づくりが未熟なために、一級の作品は数篇を数えるのみである」とも書いている。

『世界ミステリ作家事典［本格派篇］』では、「英米の同時期の堂々たる本格長編に比べると明らかに書き込み不足で、謎解きミステリを読んでいるというより、どうもたんなるトリック小説を読まされているという気がしてくる」とし、個々の作品評もかなり厳しい。

確かに、ステーマンの作品はどれも短く、人物描写にもさほど熱意を示していないし、作品によっては趣向のみが突出している印象を受けるものもある。

松村の指摘するように、ステーマンが同じベルギーのリエージュ出身で四歳年長のシムノンの作品をライバル視していたことは想像に難くない。『マネキン人形殺害事件』では、シムノンの『港の酒場で』（三一）からの引用もあり（訳書中では原題に近い『ニューファウンドランドで遭おう』と記されている）、メグレ警部が事件関係者になり切り過去を再現するという場面がマレイズ警部の捜査手法に影響を与えている節もある。

しかし、その心理描写や文学性が今なお高く評価されているシムノンの小説とステーマンのそれを比較するのは、ステーマンにはさすがに気の毒だ。シムノンの文章と比較すれば、多くのミステリ作家は討ち死にだろうし、ステーマンが目指していたのは、シムノンの目指していたものとは違うのだから。

筆者としては、今回、邦訳作品にまとめて当たってみて、ステーマンは小説づくりが稚拙というわけでもないし、今なお語られるべき重要な作家という思いを強くした。

邦訳作品という限られた範囲ではあるが、ステーマン作品の特徴を三つ挙げてみる。

1　風変りな趣向とラディカルなたくらみ

ステーマンの作品が表面上みせる趣向はどれも一風変わっている。財産の山分けを誓った六人の連続殺人、予言の現実化、マネキン人形の殺人などなど。短編「風変りな死体」（ミステリマガジン二〇〇四・一一）では、パジャマにシルクハット、ローラースケートをはいているという突拍子もない被害者が出てくるくらいだ。人を惹きつけずにはおかない風変りな趣向が設定されるのが常だ。

解決もまた独特だ。よくトリックメイカーといわれるが、ステーマンの作品は、密室トリックやアリバイトリックのような犯人側が仕掛ける詭計というよりも、作者側が読者に仕掛けるたくらみ、アイデアが際立ち、その創意は、とりわけ犯人や被害者の設定に発揮されることが多い。例えば、「犯人は××」というように、小説を読んでいない読者にも、一言で作品の中核となる着想を説明できるようなものであり、アガサ・クリスティーの代表作のいくつかは、この種の作品だ。ステーマンの着想は、いくつかのクリスティーの作品を思わせるところがあるし、実際、『六死人』や『三人の中の一人』もクリスティー作品を先取りしている面がある。ラディカルな（革新的／根底的）たくらみの作家ともいえよう。

「アガサ・クリスティーは可変的な構造に対するとりわけ鋭敏な感覚をもって、可能なすべての組み合わせを明らかに踏破しようとしていたのである。また、軽業師的な精神に支えられ駆り立てられていたスタニスラス＝アンドレ・ステーマンのような人物も、同じようなことをやろうとしていたのだと考えてよいだろう」（ジャック・デュボア『探偵小説あるいはモデルニテ』法政大学出版局）という評価は的を射ている。

タイトルを含めて数字へのこだわりが強いのも、犯人や被害者の設定に関する原理的組み合わせが発想の核にあることを裏付けているように思われる。その分、登場人物は、結末の驚きのための操り人形であっていいと考えていた節がある（被害者はマネキン人形であってもいい！）。

アイデアはユニークであっても、説得力を持って作品を構築するのは容易なことではなく、ステーマンもあるときは成功し、あるときは必ずしもうまくいっていない。犯人や被害者の設定に関する基本的アイデアは、順列組み合わせにならざるを得なく、いつかは尽きてしまう宿命にあることも事実だ。

そうした限界があるものの、ステーマンは、ヴァン・ダインの二十則など本格ミステリのコードからの意図的な逸脱を含めたラディカルなアイデアを模索し、オリジネーターたらんとした作家ということができる。

2　物語性の重視

ステーマンの作品は、英米流の作家とは、異なる手触りをもたらすはずである。それは、ロマン・フィユトン（新聞連載小説）をはじめフランス大衆文学の流れの中に位置しているからでもあるし、長編の分量などの出版事情もあるだろう。ただ、やはり作者の志向性が大きかったと思われる。

冒頭で殺人事件が発生し、探偵が招かれるという形式の作品は少ない。『ゼロ』『ウェンズ氏の切り札』『三人の中の一人』『六死人』いずれも、主人公的役回りの人物が別にいて、その視点でもって物語が進んでいく。視点人物は、翻弄される運命のただ中にいるから、物語は自然、起伏に富むものになる。ステーマンは、英米流の本格ミステリに大いに刺激を受け、謎解きミステリを志向しつつも、探偵が現場と尋問にかかりきりになっているような小説をこしらえるつもりはなかったように見える。

ボワロー&ナルスジャックは、その著書『推理小説論』（紀伊国屋書店）で、「冒険小説大賞」創設以降に登場した作家たち、ピエール・ヴェリー、ステーマン、ジャン・ボマール、ピエール・ボワローなどの作家たちについて、「これらの作家たちはアングロ・サクソンのライバルたちに見劣りはしなかったが、問題小説の偏狭な規律を受け入れながらも、多かれ少なかれ意識的にヴァン・ダインが定式化した規則から自由になろうとした」として、ピエール・ヴェリーにふれた後、「ステイーマンも、『殺人犯は二十一番地に住む』、『ウェンズ氏の切札』、その他の有名な作品を出したのちに、ためらうことなく問題小説とは縁遠い幻想的な世界にひたるようになった」と記している。

一方で、人物造形が弱いという点は、識者に指摘されるところで、初期の数作は、登場人物の彫りは浅く、背景の書込み不足によって、重厚さとは縁がない。また、丹念な捜査や謎に関するディスカッションが十分ではないということは、想定される可能性を消していった末に、意外な解決がもたらされる快感、徐々に解かれていく面白さがないという印象にもつながる。

若書きということもあるだろう。しかし、ルパンの国、ファントマの国の本格ミステリでは、重厚より軽やかさが、論理より機知が、端正よりも諧謔が、リアリズムよりロマンが重視されたということではないだろうか。

それゆえ、作品中では、ヴァン・ダインがタブーとした恋愛が大きな意味をもつことになる。

恋愛とフランスの小説とは切っても切れない仲であり、ステーマン作品はその伝統にも忠実だ。登場人物の彫りの薄さとは相反するようだが、作品の幾つかには、二十代にしか書けないロマンティシズムがあり、青春の哀措と痛みがあるように思う。

3　ミステリの論理に対する不穏なまなざし

大量に流入しはじめた英米のミステリに刺激を受け、フランス大衆小説の伝統にも即した本格ミステリを目指していたと、いったん割り切っても、ステーマン作品に言い尽くせていない感覚が残る。

創意ある本格ミステリの着想を核としているのはいずれも同じだが、少なくとも初期作品では作風は見定め難い。『六死人』では閉じたサークルのサスペンスフルな連続殺人、『マネキン人形殺害事件』では寒村の家庭の秘密を探る捜査小説、『ウェンズ氏の切り札』では裏社会を扱った都会小説風といった具合にその題材もスタイルは変化に富んでいる。コクトーがステーマンをフレゴリと呼んだのは、小説に独自のスタイルをもたせず、様々なスタイルに変奏＝変装していった点にあると思われるのだが、つかまえた途端にスルリとすり抜けるような、フレゴリ的とらえ難さがある。

今回、邦訳作品に当たってみて、最も強い印象を受けたのは、『三人の中の一人』である。このミステリで繰り広げられている事態をなんと名づければいいのだろうか。

ヴァン・ダインの『ベンスン殺人事件』が全編のモチーフになっているが、同書におけるファイロ・ヴァンスの弾道をめぐる推理を犯行現場の状況に当てはめてみると、犯人は二メートル四十センチもの巨人と推理される。登場人物のみならず、おそらく読者も、一笑に付すような推理だが、後に、二メートル四十センチの巨人が実際に登場する。再度試みられる推理では、犯人はこびとであり、そして、また、実際に人間ガエルというこびとが後に登場してくるのだ。（もちろん、真犯人は別に存在する）クリスティーを先取りしたアイデアが仕掛けられた本書だが、その創意よりも、推理が呼び起こすイメジャリーの奇怪さに驚かされてしまう。

今世紀初頭の文学思潮ロシア・フォルマリズムによれば、芸術の手法とは、見慣れたものを見慣れぬものに変えること（異化効果）だそうだが、本格ミステリにもそうした要素はあり、一般の小説と違うところは、それを（疑似）論理によって行うことだ。

どのような外国語にも聞こえるという証言からデュパンの推理は「怪物」を生み、「木は森に隠せ」の一言からブラウン神父は荒涼極まる光景を出現させ、「九マイルもの道を歩くのは……」というもれ聞いたことばからニッキイ・ウェルト教授は途方もない結論にたどり着く。探偵の論理によって見慣れた風景が一変する。

一見、ファイロ・ヴァンスの推理を模倣するようでいて、その実践により、巨人やこびとが出現してしまう『三人の中の一人』は、論理による異化効果の一種でありながら、本格ミステリの論理に対する不真面目な哄笑とでもいうしかない。この時代にこんな作品を残した作家がいただろうか。作者の資質はもとより異なるが、ヴァンス流の推理が歪んだ超論理に向かう小栗虫太郎『黒死館殺人事件』の怪建築ぶりをも想起させる。あるいは、ずっと後の、例えばピーター・デイキンスンや麻耶雄嵩のミステリの方向性とも部分的には重なるように思われる。ときにグロテスクなまでの論理による幻想は、ステーマンの見逃せない要素である。

論理に基づく絶対解への懐疑は、短編「風変りな死体」「エレベーターの中の死体」などにもみられ、ステーマンが謎解きの機能と限界に自覚的であったことを示している。こうしたミステリの論理への不穏ともいえるまなざしは、ミステリの可能性を模索していく作家の原動力にもなったはずだ。


ここで、ステーマン自身のことばに耳を傾けてみよう。

「お伽（とぎ）の国の妖精たちは、俗な奴らが一般に犯行現場と呼んでいる場所に隠れ家を見つけ出した。子供の心で推理小説をひもときたまえ。それというのも、推理小説は真実よりもいっそう詩に近いのだから」（フレイドン・ホヴェイダ『推理小説の歴史はアルキメデスに始まる』（東京創元社）二十年ほど前とあるから、一九四五年ころの述懐であるらしい。

ステーマンは、犀利な人間観察とそれに基づくリアリズムよりは、謎とその解明、意外性の追求という探偵小説の機構を生かした「詩」への跳躍を目指して、様々な可能性を追求していった作家であるように思われる。ボワロー&ナルスジャックがいう、「問題小説とは縁遠い幻想的な世界にひたるように」なったのもこうした志向の表れではないだろうか。

冒頭に『六死人』の登場人物の台詞を引いたように、ステーマンの作品には、映像的で飛躍と省略の多い文章と相まって、Ａという人物がいつ仮面を脱いでＢという人物に成り替わっていてもおかしくない仮面舞踏会的な雰囲気がある。メリエスの幻想的映画の製作にトリックを必要としたように、ステーマンの幻惑的な世界には、やはりラディカルなたくらみと本格ミステリの論理が必要だったのだ。

では、そのステーマンの初期作『盗まれた指』はどのような作品なのだろうか。

（真相に触れていますので、本文読了後お読みください）

『盗まれた指』鑑賞

『盗まれた指』（一九三〇）は、フランスのシャンゼリゼ出版から「マスク叢書」の一巻として刊行された。ステーマンが同僚記者であったサンテールとの合作を解消して、単独の名義で書き始めた第二作目であり、初期のシリーズキャラクターであるエイメ・マレイズ警部が登場する。この作品でステーマンは、第一回目の「冒険小説大賞」を僅差で逃したといい、翌年の『六死人』は大賞を射止めるから、本作は作家のジャンピングボードになった作品だ。『怪盗対名探偵』によると、本書は三週間で書き上げられたという。相当な速筆だ（末尾の日付が執筆期間であれば、二週間余りだが）。

小説は、マレイズ警部が作者を思わせる人物「私」を前にして事件を回想するという枠物語の形式をとっている。

ベルギーの片田舎のX……駅に二十三歳の女性クレールが降り立つところから物語は始まる。クレールは、迎えの馬車に乗り込み、伯父の住むトランブル城へ向かう。両親を早くに亡くしたクレールが都会で職を失いたくわえも尽きたときに、幼いころ数回しか会ったことのない年老いた伯父のアンリ・ド・シャンクレイから手紙をもらったのだ。伯父はレイモン夫人という美しい家政婦らと暮らしている。伯父とレイモン夫人の不和や夫人の不審な密会など城には不穏な空気が漂っている。レイモン夫人の秘密やクレールと若い大男ジャン・アルマンタンとの出逢いのエピソード、密猟者の伯父への脅迫などをはさんで、城をめぐる人物たちの闇が深まっていく中、伯父ド・シャンクレイの毒キノコによる死、レイモン夫人のシアン化合物による死、と二重の死が発生する。そして不思議なことに伯父の左の小指は切り落とされ、持ちさられていた。

エイメ・マレイズ警部が予審判事のブーションと登場するのは、九章から。視点人物もマレイズに切り替わる。相続人となるクレールは最大の容疑者となるが、警部が彼女の無実を確信し気遣ううちに、幾人もの犯行の可能性がある人物が浮上してくる……

ステーマン作品の特徴は、本書にもしっかりと刻印されていると思う。

(豊かな物語性)

謎解き小説としての構えについては、後回しにして、注目したいのは、可憐なヒロインが何やら秘密の巣食う城に乗り込んでいくという『嵐が丘』や『レベッカ』のようなゴシック風な筋立てだ。クレールは、人里離れた、朽ちたような城で、伯父ド・シャンクレイと家政婦のレイモン夫人を中心にした人たちの奇妙なふるまいと秘密に触れていくことになる。ラインハートのような「知ってさえいたら」派の典型的な展開ともいえるが、同じころの謎解きを主軸とする小説としては、捜査側ではなく登場人物の一人を主役に据えて筋を運ぶのは、かなりユニークといえるのではないだろうか。

ステーマンは、冒頭で殺人事件が起き、探偵が登場する、といった当時の主流だった本格ミステリを書く気がなかったことは、後続の作品からもうかがえる。この前半の不穏な雰囲気とサスペンスはなかなか上々で、読者を物語の世界に誘っていく（トリスタン的な恋を渇望するクレールの前にジャン・アルマンタンが突如登場し、恋の勝利をおさめる展開にはいささかあっけにとられるものの）。

本書で作者は喜劇的要素も意図している。そのせいかマレイズ警部の捜査は「この仕事を始めた頃に関わった」としても、いいところはあまりない。駅長の失踪事件を二度も聞き流すし、十三章で指の切断理由に気づきながら裏をとろうともしていない。城への侵入者には一撃でのされてしまう。「私は三重のバカだ」と自らをののしる始末。これといった根拠もなく、クレールの無実を確信して、彼女をかばうのも問題だが、これは警部の心根の優しさの表れでもある。十五章で「みんなを信じるおかげで、捜査が初日より後退している」と自らに怒りをぶつける警部の姿には微苦笑を誘われる。

マレイズがブリッセル警察の上司から呼び戻しをくらってデッドラインが設定されてからは、物語の展開に加速がつき、マレイズと予審判事ブーションのさや当てや、チフスのはずのクレールが捜査に同行し、敵対していたブーションと白熱の論戦を交わすなどコミカルな要素に拍車がかかってくる（ゴシック小説風のヒロインだったはずの彼女は六回ほど床を足で蹴ったりする）。失踪した駅長や重要な鍵を握る人物が最後の方でぬけぬけと登場するのも、ユーモア小説の結末めいている。ゴシックサスペンス風に始まり、若い男女の恋が成就するという喜劇的大団円に向かうという風変りで物語性に富んだミステリだ。

（指の盗難）

本格ミステリという観点からいえば、作品の目立った特徴は、題名にもなっている、死体から「盗まれた指」という特殊な状況であり、また、「私」とマレイズ警部が冒頭から顔を出し、物語の要所で事件を論じ、謎解きを挑戦されるという枠物語的な構成だろう。

しかしながら、「犯罪史のなかでも特異な指の盗難」とマレイズがいう割には「盗まれた指」の謎の解決については、『マネキン人形殺害事件』におけるマネキン殺害と同様、肩すかしの感は否めない。いわゆる「首のない死体」物のヴァリエーションであるかのように、指の切断という意外な動機を期待させつつ、切断の理由が、読者の想像の範囲内におさまるからだ。指を切断し、持ち去った人物は犯人とは別人だったという点もいただけない。クレールをはじめ同居人が捜査の過程で言及することもなかったのに、発見後に、「それは伯父が小指にしていた」ことを認めるのも、遅すぎる情報だ。ルビーの指輪にシアン化合物が残存しており、それが重要な証拠品とされているが、指輪に薬品が残存するのなら他の指にも残るのではという疑問もある。

むしろ、題名にもなっている「盗まれた指」は真相を覆い隠す一種のめくらましであり、本書の眼目は犯人の設定にある。「読者への挑戦状」が入るとすれば、「盗まれた指」も含めて事件を取り巻く状況がすべて明らかになった十九章と最終章の間ということになろう。

（そして誰もいなくなる）

最初に触れたように本書は、枠物語としての構成をもっており、マレイズ警部は「トランブル城事件は私が担当したなかでもいちばん面白い事件の一つ」であり、この実話で冒険小説大賞を狙ってみては？と「私」に冗談まじりに促す。（本書が「マスク叢書」の一冊であり、ステーマンは次作『六死人』で、同叢書が創設した冒険小説大賞を受賞した事実を知るならば、面白い楽屋オチだ）

七章では、マレイズ警部は「私」に事件の謎を解いてみるよう勧めるし、十六章では犯人ならざる人物を挙げさせ、二十章（最終章）では、いまだ真相に到達できない「私」が「呪いの言葉」を吐くことになる。「挑戦状」こそ入っていないものの、明らかに読者に対しての挑戦であり、二度の挑戦を叩きつける『犯人は21番地に住む』の先駆作ともいえる。最終章に至っても、読者には「私」と同様、真相はつかめてないという作者の自信の現れでもある。一方、第七章で作者と思われる「私」が「登場人物の生活を自分の好きなように配列しているように見えます」「このなかの誰を、あなたは死なせるのですか？」というように、外枠には批評的なメタレベルの視点が導入されている点が、ややシニカルで新しさも感じさせる。

真相に対する読者の感想はいかがだっただろうか。犯人が既に死んでおり、しかも「相打ち」という設定は、当時としては新機軸で意外なものではある。意外な犯人像の設定は、ラディカルなアイデアを信条としたステーマンらしい。悪人は既にいないという真相は、先に述べた大団円的な雰囲気に寄与しているはずだ。

また、初め多くいた容疑者が次第に減っていき、最後に容疑に値する人間がいなくなってしまう、というプロットは、『六死人』『ゼロ』『殺人者は21番地にいる』といった作品に共通するものである。枠物語的設定も、十六章の警部と「私」の会話で犯人と考えられない人物を排除していくという形で、容疑者がいなくなる、という意外性の演出に一役買っている。犯人の候補が消えたときに、予想を超える真相を虚空からひねり出すようにして決着をつけるというのがステーマン流で、本書にもその特徴はよく現れている。一方で、手がかりが十分に配置されていないときは、フェアプレイや論理性の弱さという欠点が露わになり、アイデアだけが突出した印象を与えてしまう。

本作品の真相への手がかりとしては、伯父と家政婦の不和の状況、家政婦が毒キノコに精通していたことくらいであり、マレイズ警部の推理も希薄である。警部が真相に到達できたのは、「偶然が重なったおかげ」（第七章）といっているのは、かなり正直な言明だ。毒キノコによる殺害という方法に様々なリスクがあることは警部の述べているとおりであるし、目論みどおりにド・シャンクレイが死んでいれば、最大の容疑者は毒キノコに精通しているレイモン夫人になるのは確実であり、十分納得のいく殺害方法とはいえない。

「三週間で書き上げた」ということもあってか、本格ミステリとしてはこれまでみたように弱い部分があり、次なる飛躍台『六死人』に向けて、技巧を研ぎ澄ましていく過程にある作品というべきだろう。それでも、風変りな冒頭の謎、豊かな物語性、ラディカルなアイデア、謎解き小説を人工的なものとみるシニカルな視線などステーマンらしさは既に十分発揮されている。

それは、作家の若さの発露でもあったであろう。ステーマンの初期作品には、当時輸入された最先端のモードであり新しい玩具であった本格ミステリの可能性を試し、遊び倒してやろうという野心と気負い、そのことが詩的跳躍につながるはずというロマンティックな確信、それらが脈打っているように思える。

本稿によって、既知の作家ステーマンが、いまだ見知らぬ作家に変貌し、その大胆不敵な作品群に改めて関心を寄せる読者が増えてくれればうれしい。

〔訳者〕
鳥取絹子（とっとり・きぬこ）
翻訳家、ジャーナリスト。著書に『「星の王子さま」 隠された物語』（KKベストセラーズ）、『フランス流　美味の探究』（平凡社新書）など。訳書に『巨大化する現代アートビジネス』（紀伊國屋書店）、『庭師が語るヴェルサイユ』（原書房）、『フランス人は子どもにふりまわされない』『フランスのパパはあわてない』『最新　地図で読む世界情勢』（いずれもCCCメディアハウス）、『ピカソになりきった男』（キノブックス）、『素顔のココ・シャネル』（河出書房新社）など多数。

盗《ぬす》まれた指《ゆび》
――論創海外ミステリ　183

2016年11月25日　初版第1刷印刷
2016年11月30日　初版第1刷発行

著　者　S・A・ステーマン
訳　者　鳥取絹子
装　画　佐久間真人
装　丁　宗利淳一
発行所　論 創 社
〒101-0051 東京都千代田区神田神保町2-23 北井ビル
電話 03-3264-5254　振替口座 00160-1-155266

印刷・製本　中央精版印刷
組版　フレックスアート

ISBN978-4-8460-1566-4
落丁・乱丁本はお取り替えいたします